著 青葉 author:AOBA
[イラスト]キッカイキ
異世界《いせかい》商人《しょうにん》
ISEKAI SHONIN
スキル〈異世界渡航〉を駆使して、
悠々自適なお金持ちスローライフを送ります

前世含めて
経験はありませんが、
予習はバッチリです!!
アレン
異世界商人

さぁ、天井のシミを
数えていれば終わりますので、
無駄な抵抗をおやめください!!
クリス・イレイサ・カインリーゼ
カインリーゼ王国 第二王女

ISEKAI SHONIN
CHARACTERS
アレン
西王子 雫
神木 晶
クリス・イレイサ・カインリーゼ

異世界商人《いせかいしょうにん》

スキル〈異世界渡航〉を
駆使して、悠々自適な
お金持ちスローライフを送ります

著 青葉
author:AOBA

[イラスト] キッカイキ

ISEKAI SHONIN

CONTENTS

ISEKAI SHONIN

第1話 世界を渡り歩く力

ある時、俺はファンタジーの世界に転生した。

まるで映画のシーンが切り替わるように、一瞬にして景色が変わった時は、最初こそ戸惑ったものの、いざ異世界へ転生したと知った時は人目を憚らずに喜んだ。

現代の日本で生活していた頃に比べたら、今、住んでいるアスフィアルと呼ばれる世界はかなり不便ではあるものの、夢にまで見たファンタジーの世界を謳歌出来るものだと思っていた。

――ただ俺が持っていたスキルは決して勇者や英雄になれる類の物では無かった。

〈異世界渡航〉

これは様々な世界を行き来することが出来るという、かなり珍しい能力だった。

異世界渡航は、世界を超えて様々な場所を練り歩くことが出来る。それこそ、恐竜が地上を支配するような世界だったり、俺が知る現代社会よりも更に発展したSFチックな未来の世界だったり、その数は膨大だ。

その膨大な量の世界の中には、当然、地球が存在する世界もあった。

長い年月を掛けて地球が存在する世界を見つけた俺は、何処の県でどんな場所かは分からない状態で、長閑な雰囲気を感じる片田舎に下り立った。

土地勘もない場所で呆然と立ち尽くしていた中で、ふと目に留まったのは、日本語で表記された所々錆びついたのが印象的なボロボロな状態のバス停だった。その時には既に二十年近くも異世界で暮らしていたので、久しく見ていなかった日本語を見た時は、思わず膝をついて泣き崩れてしまったのは記憶に新しい。

そんな感傷に浸っていた中、周囲で農作業をしていた爺さんに呼び止められ、昼食を奢って貰った際は、更に泣いてしまったことを追記しておく。

色々あったものの、無事に地球を見つけることに成功した俺は、そのまま日本に住み着こうとも思ったが、よくよく考えてみれば俺は前世と違い、バリバリの異世界人の身体をしていた。

それに気がついたのは、昼食を奢って貰った際の他愛も無い会話をしていた中で爺さんが喋った何気ない一言。「お前さん、外国の人なのに日本語上手いねぇ」との言葉だった。

その言葉を聞いた時、俺は思わずハッと気が付いた。

それまで特に違和感なくアスフィアル世界で他人と会話をしていたから気が付かなかったが、アスフィアル世界は中世ヨーロッパの様な世界観をしている。

ただ俺は周りの人物達は全員が日本語で話していると認識していたので、爺さんに言われるまで言語や人種の差異について深く考えていなかった。

これらの現象は多分翻訳スキルかなんかだと思う……少なくとも、世界を移動出来るなんていうトンデモスキルがあるので翻訳スキルがあるのだろう、と俺は半ば強引に納得した。

そして、もう一つが俺の顔立ちだった。

ファンタジー世界で生を受けた俺の姿は、日本人のそれでは無く、主にヨーロッパ系の彫りの深い顔立ちをしていた。

（……思いっきり西洋人だな、これ）

少なくとも、現在の俺の姿は日本人のソレでは無く、地味な服装をした外国人だった。

そして、俺は何度か世界を行き来する中で幾つか分かったことがある。

一つ、俺以外の生き物は世界を渡ることが出来ない。

これは単純に通過する物体が、生きているか死んでいるかで判断されており、能力を使用した際に現れる世界を渡る扉〈ムーンゲート〉は、俺以外の生命体を通さないし、死んでいれば通らなかった物も通るようになる。

試しに田んぼに生息していたカエルをムーンゲートに通してみたら、まるで壁に弾かれるようにゲートを通過することが出来なかった。逆にアスフィアル世界の生き物を通そうとしても、地球がある世界へ持ってくることは出来ない。

それでも生き物以外であれば、世界を超えて持ち運ぶことが出来る。

これらから感じたのは、まさに無限大の可能性だった。

俺が持つ異世界渡航には強大な力を持つモンスターを倒すための力は無いが、数ある世界を行き来して物の売買をやって利益を上げる方法が幾つも浮かび上がった。

例えば、俺が現在生活しているファンタジー世界……アスフィアル世界は、まさに西洋の世界観に剣と魔法の要素を足した王道的なファンタジー世界だ。

　ここには魔法の存在や、強大な力を持つモンスターがそこら中に蔓延っているので、現代ほど科学技術が全然進んでいない文化面でもそうだが、特に酷いのが衛生面であり、風呂という概念も無ければ、当たり前のように使っていた水洗のトイレも無い。

　その事実に俺は挫けそうになった。

　だけど異世界旅行の能力もあり、今では定期的に日本に赴いて銭湯に入っている。

　正直言えば俺が得ている所持金は少ない。所詮は田舎で畑仕事をやっている爺さん達の手伝いで貰ったお小遣い程度なのでそう多く銭湯へ通うことは出来なかった。

　どうやってお金を稼ごうかと悩んでいる所……俺はアスフィアルと日本における物の価値の違いについて気がついた。

　例えば金、黄金といえば遥か昔から多くの人々を魅了しており、金塊一つで豪邸が建てられるほどの価値を持つ物質だ。

　しかし、ファンタジー世界であるアスフィアルにおける金の価値はそこまで高くない。

　実際には、数ある鉱物の中でも金は比較的高額な部類ではあるものの、地球に比べてべらぼうに高いわけでは無く、露店とかでたたき売りされているレベルでは無いが、買おうと思えば街の小さな鉱物商に出向いて、一ヶ月働いた分の稼ぎでそれなりの大きさの金塊が買えるレベルだ。

　これを地球で換金すれば、数千万といった非常に高い価値に変わるだろう。

　逆にアスフィアルで価値が高いものは香辛料や甘味といったものだ。

これはファンタジー世界あるあるだと思い、知り合いの商人などから聞いて調べてみたところ、香辛料はまだしも、砂糖を使った甘味は詐欺だと思うほどに高い。

下手をすれば、スーパーで売っている百円そこらのクッキー一箱で、アスフィアルでは元気な馬が一頭買える、それよりも幾分安い香辛料であっても、金より厳重に管理されているぐらいだ。

それこそ、甘味を豊富に使った豪華なケーキともなれば下手すりゃ家が建てられるレベルだ。

そんなこともあり、俺は世界を渡り歩いて物を買い漁り、転売して儲けようと思った。

しかし、ここで大きな問題に直面する。

「どうしよう、俺、戸籍が無いじゃん」

第2話 日本の暑さ

ISEKAI SHONIN

　俺が異世界渡航の能力を使いやって来た場所は、岐阜県に存在する村だった。

　周囲を見渡せば青い稲穂が実り始めた水田に、まるで外界から遮断するように複数の山が村を囲んでいる。

　道路の片隅にはポツンと建てられている無人販売所や、村の規模に対してやたら品揃えが充実している自動販売機があったりと、田舎にありがちな要素は一通り備えている。

　他にも、半月遅れの週刊誌が普通に販売されている小さな商店があったり、やたら設備が充実したゲートボール場がある。あとはムーンゲートが置いてある雑木林がある場所から約十キロ先にコンビニが一軒だけある程度。

　前世でプレイしていた夏休みを体験するゲームに出てきそうな程の見事な田舎だった。

　そんな場所ではあるが、今の状況を考えてみれば人や物が揃う都会に飛ばされなくて良かったと思う。

　それは何故かと言えば、現在の俺の見た目にある。

　現在の俺の姿は、アスフィアルに住む一般人が着るような服装だ。化学繊維が普及した現代社会において一人だけ時代錯誤感のある麻布の様な粗い布地を使った服を着ているのに加えて、見る人が見れば驚くほどには身長も高く、ガタイも良い外国人といった風貌だ。

下手すれば通報案件である。

そんな俺を、村の人達は温かく出迎えてくれて、今では和服のような身体の大きい俺でも着られるような服をお下がりとして貰ったりしている為、現在は地味な服装をした外国人程度にはなっている。

ただ現状だと身分証明書どころか戸籍や運転免許証など一切持ち合わせていない不法滞在状態なので、もし職質されたら逃げるしか無いのだが。

「アレンくんは働き者だねぇ～」

「いえ、これぐらい平気ですよ」

太陽の日差しに曝されながら庭の草むしりをしている俺に対して、この世界で初めて出会った爺さん伝手で知り合った高齢の女性――タエ子さんが縁側でお茶を飲みながら見ていた。

俺にタエ子さんを紹介してくれた爺さん――巌児爺さんは、村でもそれなりに顔が利く人物だった。元々、周辺の地主でもあり、俺がやってきたまるで現代に残る秘境の様な村、赤根村周辺に聳える山を幾つも所有している。

俺は巌児爺さんの紹介で、村の中で様々な手伝いをしていた。畑仕事から商店への買い出し、話し相手から草むしりと本当に様々だ。

貰える給金は少ないものの、代わりにお菓子だったり服だったりと色々貰うことが出来る。

「アレンくん、野菜いるかい？　丁度ナスが収穫出来てねぇ……」

「いいんですか？　ぜひ頂きたいです」

地球の季節はアスフィアルとほぼ同じで、丁度、夏本番を迎える時期だった。ただアスフィアルと違い、日本の夏は高温多湿の肌に張り付くような暑さがあり、既に異世界で身体が慣れている自分でも、日本の夏は危険を感じる暑さだ。

　これでも今年はまだ涼しい方だというのだから恐れ入る。それに加えて赤根村は、標高が高く平均気温が低いので、避暑地とまでは言わずとも、夏場でも比較的過ごしやすい方だというのだから恐ろしい。

「私の孫娘が東京に住んでいるんだけどねぇ、久しぶりに電話したら暑い暑いと泣き言を言っておったよ」

　まだ日が昇りきっていない午前中とは言え、太陽が照りつける中で草むしりをやっていたので汗だくになった俺は、タエ子さんの家で風呂を借りる事が出来た。

　火照った身体を冷ますように、温めのお湯で身体がさっぱりしたところでタエ子さんが冷素麺を載せた皿を運びながら、今東京に住むというお孫さんの話をしてくれる。

「東京ですか……この時期はすごく暑そうですね」

　ちゅるちゅるとさっぱりとした麺つゆの掛かった細い白麺をすすりながら、タエ子さんの話を聞く。チリンと縁側にぶら下がった風鈴の音と共に何処か夏を感じた。

「村に居た時からずっと暑い暑いと愚痴を言っていたのに、都会の夏は辛いだろうねぇ……あまりの暑さに今年の夏は里帰りすると言っていたよ」

　タエ子さんが言うには、孫娘――有夏さんは赤根村から近い高校を卒業したと同時に東京の大学へと進学したみたいだ。

有夏さんは都会に強い憧れがあったようで、最初の頃こそは色んな物が揃う東京を満喫していたみたいだが、梅雨を過ぎた辺りから異変があったらしく、本格的な夏が到来する7月に入ってからはずっと暑い暑いとタエ子さんに電話で愚痴を言っていたらしい。

「よかったですね、久しぶりのお孫さんの顔が見れそうで」

「そうだねぇ、有夏は昔から料理も得意だし、私や爺さんと違って頭も良くて器量のよい子なんだけど、未だ彼氏一人も作らずに自分の趣味ばっかりしているからねぇ……」

入ったことは無いが、タエ子さんの家には有夏さんの部屋と思われる部屋がある。

木造の年季の入った家に、いわゆるオタクっぽい趣味を感じる物品が幾つか見つかっており、有夏さんの部屋のドアにはデフォルメされたイケメン男子のステッカーが貼られていた。

「せっかくだったら有夏と付き合ってみたらどうだい？　あの子は趣味ばっかり傾倒している困った子だけど、クラスで人気の子だったよ」

「それじゃ有夏さんが困ってしまいますよ」

「そうかねぇ？　案外喜びそうだけど、アレン坊は有夏の言うおしきゃらとやらに似ているからねぇ」

「……」

推しキャラ……タエ子さんの言葉に、俺はタエ子さんの孫娘である有夏さんに対して少し不安を抱いた。

第3話
魅惑のチ◯ルチョコ

ISEKAI SHONIN

俺はタエ子さんの家でお手伝いを終わらせた後、そのまま自分の足で村に存在する小さな商店で幾つかの駄菓子を購入した。

　購入したのは子供のお小遣いで買える安いもの、たった十円そこらで買える四角形のチョコに加えて、ヒモ状のグミといった駄菓子やふ菓子といった物だ。

　俺は買い漁った駄菓子を手に持ってアスフィアルの世界へ戻り、俺は知り合いの商人の下へと持ち運んだ。

「アレン、お前……これを何処で手に入れた？」

　手のひらサイズのシンプルなチョコレートをナイフで少し削り、知り合いの商人であるアルベルトに試食させてみた。

　最初は何を食べさせられるんだと、疑わしき目で見ていたものの、チョコの溶けるような甘みと香りに目を見開いて驚いた様子だった。

「どうだ？　貴族に売れそうか？」

　小さな店を構えるアルベルトのカウンターに乗り出すように聞いてみた。アルベルトの様子からして、貴族や王都で店を構える豪商相手に売り込めないか？　と、俺は考えていた。

　俺の話を聞いて、アルベルトはうーむと俯くように悩んでいた。俺が今回持ってきたチ◯ルチヨコは、日本で十円そこらで買えるほど安価ではあるものの、このアスフィアルの世界であればかなりの価値を持つ。

「このちょことやらは間違いなく貴族相手にも売れる……だろうが、俺にそれら伝手が無い。知り合いを通じれば出来るかもしれんが、いきなり貴族相手に商いをしようとすれば、色んなところから睨まれるぞ？」

　俺と違い、家を継いで商人になったアルベルトは小さい頃から手伝いをしていたこともあり、二十歳そこらといえども生粋の商人だ。

　そんなアルベルトが言うには、俺が持ってきた10円チョコは間違いなく貴族相手にも通用する程のクオリティがあるという。砂糖と違った甘みと独特な強い香りに虜になる者も居るだろう、と商人目線から予想した。

　しかし、そこには商人の間に存在する暗黙のルールを犯してしまうということらしい。

「そこまでか？」

「あぁ、貴族に甘味を卸している商人達は好い目では見ないだろう」

　甘い菓子を好む貴族は多いらしい、それこそ専属で菓子職人や農家を雇うほどで、一般的にはそれらを一括で管理する商人を貴族の御用商人として雇うのだそうだ。

　貴族社会において、甘く美味しい菓子というのは、その家の豊かさを示す外交の道具でもあるという、だからこそ、甘い菓子があまり好みでない貴族もこぞって優れた美味しい菓子を欲し、それらを管理する商人を重宝するのだという。

「アルベルトの店は小さいからな……」

「うるせぇ、と言いたいところだが、アレンの言う通りだな、俺のようなしがない商人では貴族相手に商いをする奴には勝てねぇよ」

俺の言葉に対して、アルベルトはこめかみに青筋を浮かべつつも、はぁ、と溜息を吐くように答える。

アルベルトの表情を見る感じだと、今回の一件以外にも似たような事があるのだろう。そこには悔しさを滲ませつつも、どうにもならないという諦めがあった。

「すまなかったな、この件は他を当たるよ」

「あぁ、そうしてくれ」

俺はアルベルトにそう言い残して店を出た。

（思っていた以上に上手くいかんもんだな……）

俺が住んでいる街――エラクトンは、都市と都市を繋ぐ中継地点のような役割を持っている。

街の南側には、大都市へ出荷される物資が集積される倉庫街があり、街の規模に対して多くの商人が出入りする。

その中には、遠方へ向かう商隊を護衛する冒険者も多く立ち寄り、俺が今後の計画を練るために立ち寄った酒場には、それら遠方からやって来た商隊の護衛を務める冒険者達が、このエラクトンの酒場へ来ていた。

「今日の昼間にアンキア街道に大量のゴブリンが出てよぉ、雇い主達が不安がるから、たくさんぶっ殺したら五千ゴルドも貰ったぜ‼」

「ゴブリン如きで五千ゴルドか！　金払いが良いねぇ、都市の商人は」

　ギャハハと野蛮な笑い声で会話するのは、この街へ外部からやって来た冒険者達だった。

　彼らの話を聞くに、割の良い仕事が入り実りが良かったらしい、その金で楽しそうに話しながら酒を飲み、この後、街の西側にある娼館通りにでも行くかなんて話をしていた。

　この世界における遊びといえば、ギャンブル、酒、娼館が一般的だ。芸術や音楽といった趣味は大都市でも上級階級の人間しかやらないので、エラクトン以外にも平民向けの娯楽施設である賭場や娼館といった物は多くある。

　といいつつも、ギャンブルも風俗も基本的に通うのは荒くれ者の多い冒険者が多い、街の若者であれば若くして家庭を持つ者もいるし、顔見知りも多いために酒場に集まることが多かった。

「よぉ、アレン、辛気臭い顔をしているじゃないか‼」

「グレウか」

　大衆酒場で安酒を飲みながら今後の計画を練っていると、酒場の奥から見知った顔の男がやって来た。

　彼の名前はグレウ、俺よりも2〜3歳程年上の男だ。

　こいつは街の治安を護る警備隊に所属している。なので一般人に比べてガタイも良く、荒事にも強い。

「お前はまだ根無し草やってんのか？　顔は良いんだからいい加減定職に就けよ、一緒に警備隊でもやるか？」

「やだよ、酔っぱらいの相手なんか」

「ハハハ、まぁそうだな、しかし警備隊も良いもんだぞ？　子供達からも尊敬されるからな‼」

グレウは既に大分酔いが回っているのか、少し顔が赤くなっている。

他よりも一回り大きな木製のジョッキを複数手に持って歩いていたところからして、同じ仕事仲間と一緒にこの大衆酒場へやって来ているのかもしれない。

俺が少し棘のある言い方をしてもグレウは笑い飛ばし、事あるごとに俺を警備隊へ誘ってくる。

「アレンは力も強ければ顔も良いからな！　街のおばさん達の対応はお前が居れば楽になる‼」

「なんだよそれ」

自分の目線から見てみれば、グレウだって顔面偏差値は高い部類だと思う。

それこそ、このアスフィアルという世界は何故か美男美女が多い世界だ。まさにアニメやラノベの世界を表したかのような感じをしている。

ただグレウ曰く、俺は街のおばさん達から好まれるような顔をしているらしい。

　この世界には、俺のような特殊な生まれの人間は結構な割合で存在する。

　その数は思っていた以上に多く、エラクトンぐらいの街であっても、一人か二人存在するレベルだ。

　俺はまだ直接出会ったことは無いが、俺のような前世の記憶を持ち、この世界で生を受けた者を転生者といい、そのまま神隠しのようにこの世界へやって来た者を転移者と言う。

　それら転生者と転移者らの共通する特徴は、このアスフィアルの住民に比べて、身体能力が高く魔力も多い事が挙げられる。

　他にも強力な祝福を覚えていたりと、例外を除けば基本的にこの世界では転生者や転移者がこの世界の住民よりも強いことが多い。

　なので、転生者や転移者の多くはそれら力を活かすことの出来る冒険者に就く者が多く、次点で研究専門の魔法使いになる者が多い、どちらも才能が物を言う世界であり、この世界にやってきた転生者や転移者は犯罪行為をしない限り、結構な割合で勝ち組になれる。

　俺は基本的にエラクトンから出ることが無いので、他の転生者や転移者と出会うことは少ない、だがしかし、彼ら転生者達の噂はこのエラクトンにも多く集まってくる。

「どうした？　グレウ」

「……黒姫だ。この街にやって来ていたとは」

俺の前に立っているグレウを始め、この酒場で酒盛りをして騒いでいた人間達が、黒姫、と呼ばれる人物がやって来たことによって辺りは静寂に包まれた。

あまりの静けさに不気味さも感じる中、グレウが見ていた方向を見てみると、とある一団が店の出入り口の前に立っていた。

（……ありゃあ転移者だな、しかも日本人）

闇夜に溶けるような真っ黒な装いに、この国では珍しい漆のような艶やかな髪を靡かせる一人の女性。

その周囲には、同じ黒で統一された装備を身に纏う背の高い女性達が集い、彼女を中心として周りを囲い、警戒していた。

俺は、その一団を見た時、瞬時に中心人物の少女を見て同郷の者だと直感した。

「すげぇ綺麗な女だな、噂話には聞いていたが」

「あぁ、そうだな」

やたら顔面偏差値が高いこの世界でも、周囲の視線を飲み込むような絶世の美少女が、下民達が集まるような酒場へやって来ていた。

白い肌とは対象的に、腰まで伸びる柳の枝の細くしなやかな艶のある黒髪に、意志の強そうな切れ長の目、ゴシック系の黒い服装をしていれば誰もが一瞬、彼女に目を奪われるだろう。

強烈な存在感を放つ彼女の周辺には、高位の冒険者が装備するような一流の防具を身に纏う女

性達が付き従う。

まるでどっかの歌劇団のような華やかさがあった。

「どっかの国の姫様だの言われていたが、実際に見てみると噂に違わぬ美しさだな」

「周囲の人間もまるで姫様を護る親衛隊だ。おっかねぇ」

酒場の一角を占拠する彼女達は、貴人を護る護衛のように集まっている。その光景はいつも騒がしい酒場には似つかわしくない、何処か張り詰めた緊張感のようなものが存在した。

（……確かにおっかないが、好機でもあるな）

黒姫と呼ばれる一団を見て俺は窺っていたチャンスが到来したことを感じた。

「……これが最近大人気の漫画なのか？」

「はい！　週刊チャンプで一番人気の漫画ですよ、僕も読んでいます‼」

赤根村にあるムーンゲートから約十キロの長い道のりを歩けば、広大な田園風景が広がる場所に、ポツンとやたら駐車場が広いコンビニがある。

時代が昭和で止まっているような赤根村周辺の中で、唯一現代社会の雰囲気を感じるコンビニには、流行最先端のファッション誌や週刊誌と言った物がしっかりと毎週仕入れられる。

赤根村唯一のコンビニには、高齢化が進み、半ば限界集落と化していた赤根村でも珍しい俺と同い年である二十歳前後の若い男性——木田くんがよく深夜のアルバイトをしている。

「態々取り寄せて貰ってありがとう、最近人気の漫画を知りたくてさ」

「いえいえ、僕も漫画好きですし、アレンさんが興味を持ってくれて嬉しいですよ‼」

俺が手に持っているのは、木田くんが選んだ近年で最も売れた大人気の漫画『ゆめ恋』と呼ばれるラブコメ漫画、その第一巻だ。

表紙の絵には少女漫画の様な画風をした一人の少女と多数の男達が描かれており、木田くん曰く、女性だけでなく男性にも支持を受ける大人気漫画なのだそうだ。

何故このような物を購入したかというと、理由はすごく簡単で、転移者だと思われる黒姫に接触する為のアイテムだ。

あの場において、見ず知らずの男が黒姫に接触するのは困難だ。周囲には彼女を慕う女性たちが常に周囲を警戒、監視をしており、今回売りに出そうと考えていた駄菓子程度では見向きもされないだろうと考えた。

第一、食べ物に毒物とか仕込まれている可能性を考えれば、異世界において初めて会う人物に、食べ物類を渡すというのはあまり良くないというのもある。

なので、ここは彼女の年齢に合わせた興味を惹かれそうな物を購入し、アスフィアルの世界へ持っていくことにした。

それが、漫画好きの木田君イチオシのラブコメ漫画『ゆめ恋』と、無難に選んだ女性向けのファッション誌である。

地球と比べ、圧倒的に娯楽が不足しているアスフィアルの世界は、日本で住んでいた者からすればキツイ物だろう。

それこそ、生まれてから徐々に馴染んでいった転生者の俺と違い、急に異世界へ飛ばされた転移者達は科学技術が発達していないアスフィアルで娯楽に飢えている……少なくともその傾向があると俺は考えた。

「いいんですか？　これ、女性向けのファッション誌ですよ？」

「うん、これであってるよ、知り合いから少し頼まれてね」

俺が女性向けのファッション誌を頼んだことに、少し疑問を浮かべている様子の木田くんだが、俺が第三者から頼まれたと聞いて納得した様子で、本が入った小包を渡してくれる。

（結構なお金を使ったんだ。頼むぞ～）

彼女の趣味嗜好がわからないので、ゆめ恋や女性向けのファッション誌の他にも、少年漫画やライトノベルといった物も幾つか取り寄せてある。

しかし、現状では爺さん婆さん達のお手伝いでしかお金を得る方法が無いので、数千円の出費でも結構手痛いのが本音だ。

なので、俺はこれら用意したものが黒姫の興味を惹くことを願って、小包を手に取りムーンゲートへ入っていった。

　黒姫の一団は、王都へ向かう旅の途中でこのエラクトンという街に立ち寄ったのだという。

　街の噂で聞いたところによると、彼女達は、総勢で三十人程の冒険者チームを結成しており、メンバー全員が女性というこの世界ではかなり珍しいチームになる。彼女達は活動拠点を移すためにエラクトンから北へ向かった先にある王都〈ラインブルク〉を目指しているそうだ。

　彼女達がエラクトンの街に滞在する期間は不明だが、休憩や食料の買い込みを考えればあと数日もすればこの街から出発するだろう……と思い、俺は最近彼女達が集まる小さなレストランへ、足を運んだ。

　やってることは完全なストーカーであるものの、この千載一遇の好機を逃す訳にはいかない。


【本日、貸し切り】


　話を聞きつけ黒姫達が集まると言われているエラクトンの商店街に並ぶ、オシャレなレストランの出入り口には、本日、貸し切りとだけ書かれた紙が貼られており、開放的な店の外見もカーテンで仕切られて中を見ることが出来ない。

「困ったなこりゃ」

以前、黒姫達のグループを見た時は、同じ大衆酒場へやって来たので、接触するのはそう難しくないと思っていた。

しかし、蓋を開けて見れば、エラクトンの環境に慣れた彼女達は店を貸し切りにして外部の人間達と接触するのを極力減らしている。

無断で店に入ったら殺される……ということは無いだろうが、貸し切りの紙がある状態で、店の中へ入るのは流石にリスクが高い、どの様な状況があったとしてもまず間違いなく周囲の人達から不興を買うので、俺は店の前でどうするか迷っていた。

（黒姫達が店を出てくるところを待ち伏せするか……？　いや、下手に遅い時間だと警戒されるし……）

「店の前で立ち止まって……どうしたの？」

どうやって黒姫と接触するか、悩んでいると後ろから声をかけられた。

「すいません、店内の人に用事があってきたのですが、どうも貸し切りだったようで……」

「用事？　貴方、団員の関係者？」

突然後ろから声を掛けられたので、振り返って見てみれば、そこには黒姫とはまた違ったタイプの美少女が立っていた。

月明かりでもハッキリと分かる燃えるような真っ赤な髪に、意志の強そうな赤い瞳をしている。

深窓の令嬢といった雰囲気のある黒姫と違い、こちらは運動が得意そうな快活そうな雰囲気を漂わせていた。

そんな女性が俺の言葉に首を傾げる。

「いえ、アポイント――店の中に居る人達と面識や約束は無いのですが、黒姫さんが大変興味を持たれるであろう品物を入手しましたので、もしよければ見て頂けないかと」

「品物？　貴方商人だったの？」

「商人では無いですが、まぁ似たようなものですね」

俺の言葉に、赤髪の女性は物凄く疑わしい目でこちらを見ていた。

彼女の反応は当然だろう、アポも無しに見知らぬ人間がいきなり訪ねてきたら誰だって警戒する。それに加えて彼女達は華やかさだけでなく、強力なモンスターを幾つも討伐しており、見た目だけでなく実力の部分でもその名が広まっている冒険者チームだという。

そんな彼女達は、街の有力な商人や貴族から声をかけられることも多いだろうし、俺のような名も知らぬ第三者が関係を持とうとして接触をしてくるのは日常茶飯事なのだろう。

実際に、目の前に居る女性も、またか、といった様子で俺を見ている。

「残念だけど、私達はこういうのお断りしているの、残念だけどね」

「いえ、それは仕方の無いことだと思います。ですが、この小包の中身は間違いなくあなた方の団長様が気に入る物ですので、受け取って頂けないでしょうか……勿論、お代はいりませんし、もし、興味が無ければ捨てて貰っても構いませんので」

この場において、転移者と思われる黒姫と直接会うことは無理だろうな……と、俺は目の前に居る女性の雰囲気からして分かった。なので、一応念のために持ってきた漫画と女性向けのファッション誌が包まれた小包を渡して店を去る。

もし、興味があれば明日の夜、黒姫たった一人で指定する店まで来るように……と書かれた手紙を同封して。


「……なんだったんだアイツ」

王都へ向かう為に必要な物資の補給の手配をしていたら、旅団で行われる食事会の時間が迫っていた。

私が急いで支度をして店へ到着した頃には、既に周囲は暗くなっており、街にも仕事終わりの住民達が各々の憩いの場に向けて歩いていた中で、私は会場であるレストランの店の前で不審な動きをする男を見つけた。

その男は、身長が高く体型もがっしりとしているが、雰囲気からして冒険者や警備隊といった類の人間では無いように感じる。

その男の手には、茶色の包み紙で梱包された荷物があり、店のドアに張り出された紙を見て困っている様子だった。

（配送人か？）

誰かがエラクトンの街で買い物をし、その買った荷物を届ける人間かと私は思った。でなければ貸し切りの張り紙が出されている店の前で立ち止まる必要は無いだろう。

「店の前で立ち止まって……どうしたの？」

見知らぬ土地でメンバーが何かしらの買い物をしたということはあまり無いと思うけど、何かあるかもしれないと思い、店の前で立ち尽くす不審な男に話しかけた。

「すいません、店内の人に用事があってきたのですが、どうも貸し切りだったようで」

結果からすれば、店の前に立っていた男はよく見かけるような人間だった。

最近では、幾つもの未踏破ダンジョンを攻略した事もあり、やたら関係を築こうとしてくる冒険者や商人、貴族が多かった。

冒険者チームという性質上、物資を買い集めたり、装備を更新するために様々な人間と関わりを持つことはあるが、基本的に、私達の団はこれら勧誘を一切断っている。

だがしかし、男は黒姫――団長であるシズクが絶対興味を持つという物を持ってきたと豪語しており、興味が無ければそのまま捨てていいと言われ、半ば強引に男が持っていた小包を渡された。

団長のシズクに渡せ、そう言われたがこの小包に何が入っているかも分からないので、そのまま見せずに捨てようと思った。

カランカラン

「お、やっときたじゃん、アイナ」

店のドアを開け、ドア鈴に反応した褐色肌の女性――カルキラが、店へ入ってきた私の方を見て手を挙げた。

　カルキラは不審な人物が入ってこないように、店のドア前で待機しており、万が一を備えて防具を着込んで腰には室内でも十全に扱える小型の武器を携えている。ただ門番といっても彼女自身、既に幾つか軽食を挟んでいるみたいだけど、お酒は飲んでいないらしい。

「ん？　なんだその荷物」

「これね、店の前に居た不審者から無理やり渡されたの……団長宛てだって」

　私は脇に抱えていた小包を手に取り、カルキラに見せてみる。無理やり渡されたと私が言った瞬間、少し眉を顰めた顔をしていたものの、彼女はスンスンと小包の匂いを嗅ぐと、私が手に持つ物がそこまで危険性のあるものではないと判断したようだった。

「毒物の類では無いよ、危険な魔法具でもないし……一応、団長に渡したら？」

「うん、そうする」

　カルキラは、鼻が良い……それこそ、嗅覚が優れていると言われる狼系のモンスターよりも鼻が良く、臭いで物の種類を判別出来るほどだ。

　だからこそ、今回の食事会でも警護の任を任されたのだろう……モンスターといった危険な生き物が蔓延るエリア、と呼ばれる場所へ足を踏み入れる際にも、彼女はその優れた嗅覚を生かして斥候の役割を果たしていたりもする。

　そんな彼女のお墨付きを貰い不審な男から貰った荷物を、店の中心に居た黒髪の少女、暁月の旅団の団長であるシズクに渡した。

「……なにこれ？」

「団長宛に、だって」

店に入って、既に食事を始めている団員のみんなと軽く挨拶を交わしながら、奥で副団長のラフィンと一緒に食事を取っているシズクの下へ向かい、例の小包を渡した。

「開けていいの？」

「問題無いと思う、興味が無かったら捨てていい、って言ってたし」

私達の団長であるシズクは、神子と呼ばれる選ばれし人間だ。

その特徴として、この国ではまず見ない美しい黒髪を靡かせ、まるで荒事を知らないような手弱女のような見た目でありながら、怪力として知られる大型モンスターのグインベアを直接の殴り合いで殺せるような力を持つ。

しかし、性格は冷徹そうな見た目に反して心優しい少女だ。

口数も少なく、見た目の雰囲気も相まって団員以外からは恐れられているものの、流行り好きの街の女のように、流行に敏感で、団で統一されたハイセンスな見た目の装備も彼女がデザインを手掛けている。

他にも、貴族のように読書が好きだったり、音楽が好きだったりと色々あるが、最近では彼女が率いる暁月の旅団も規模が大きくなり、以前に比べて趣味を楽しむ事も少なくなった。

……いや、正しくは飽きてしまったのだろう。

シズクは全く期待した様子も無い雰囲気で、渡した小包の薄い包装紙を破き、中身を見る。

「なにこれ？」

　無駄に質の良い包装紙を破いて現れたのは、恐ろしく写実的に描かれたオシャレな服装をした女性が表紙に描かれている本に、一人の女性を多くの男が取り囲む、童話？　と思われる本だった。

「……団長？」

　不審な男が持ってきた品物は確かに珍しく、不思議な物ではあるものの……本当にこれが団長の興味を惹くものだろうか？　と私は疑問符を浮かべた。

　しかし、団長のシズクはこれら不思議な本を手に取ると、今まで見たことのない表情をしており、この小包を受け取った私の方を見て、ガシリと両肩を強く掴んでくる。

「アイナ、この荷物を渡してくれた人を教えて‼」

第6話 日本産の贈り物

私、西王寺雫が異世界へやって来た時、最初に起こった出来事は私を狙う人攫いから逃げることだった。

まだ私が高校へ入学してから間もない頃、校門前で家の車を待っていたら、アスファルトの地面と天高く聳えるビル群の景色がいきなり変化し、テレビでしか見たことの無いような、雄大な自然が広がる丘の上に立っていた。

「あの女、きっと神子だぞ、とっ捕まえろ‼」

私が降り立った場所は、丁度、森を切り開いて作られた街が見えていて、周りを確認出来るほど見通しが良い場所だった。

ただ、周囲は森で囲われており、一人で歩くには危険だ。

そんな場所を何も知らない女が一人、街へ続く林道を歩けばならず者達から狙われるというのは当たり前であり、当時、その何も知らなかった私はそんなならず者達に狙われた。

もし、私に特別な力がなかったら彼らに捕らえられ、慰み者になったか、もしくは人買いに売られて奴隷として人生を歩んでいたかもしれない。

少なくとも、私にとって悲惨な未来は間違いなかった。

異世界へ飛ばされて、数ヶ月が経った。飛ばされた直後こそ、悪党に付け狙われたりと悲惨な物ではあったが、近くにあった街――シンエンサでは、それなりに良い縁にも恵まれて順風満帆な異世界生活を送れていた。

人の良い老夫婦が営む小さなお店で働きつつ、元の世界へ帰還出来る方法を探しながらシンエンサの街で生活していた。

アスフィアルと呼ばれるこの世界の暮らしに、戸惑いは多かったものの、まるで小説の設定にありそうな特別な能力も相まって何とかこの世界で不自由なく生活出来ていた。

特に助かったのが、中世ヨーロッパな世界感でありながら、言語や文字が通じたことと、私の身体能力が人一倍高かったことだろう。

中学高校と家の習い事もあったので、それまで運動を特にしてきたという訳でも無く、得意という意識も無かったが、私の脚力は街一番の駿馬を上回り、夜通し走り続けても余力を残せるほどの膨大な体力があった。

この人外じみた力を、この世界で知り合った人々は皆、神子のお陰だという。その神子について知らない私は、この事について詳しく聞いてみたところ、この神子という存在は、私のような違う世界から飛ばされた者達の通称だと言う。

神子は、他と隔絶した高い身体能力に加え、強力な能力を持っており、神子の中でもこれら能力の強さに強弱はあれど、全員が一般人とは隔絶した力を持つ者達だ。

だから、私が街へ出向くとやたら冒険者から勧誘される……という訳らしい。

そういうこともあって、私は人々に導かれるように冒険者になった。最初は一人で旅をして、まるで王道ＲＰＧの様に強大なモンスターを狩り続けていたら、次第に私の噂を聞きつけた人々が集まってきた。

男性不信、とまではいかないものの、異世界へ飛ばされた最初に襲われそうになったことから、私が仲間として認めたのは全員女性になっていた。

こればかりは無意識で、人々は私が同性愛者だの男嫌いだの言うが、特にそんなことは無い。少なくとも、人並みに恋愛はしてみたいと思うし、集まった仲間達だって私がそういう人間では無いという事を承知している。

そして仲間達は、私が何かの目的を持って各地を巡っている……その理由を聞きはしないが、何時か彼女達にも話せると良いな、と私は思っていた。


丁度、異世界へ飛ばされてから三年ほどが経った頃だった。

私が結成した冒険者チームは、三〇人程度まで膨れ上がり、数々の未到達ダンジョンをチーム単独で攻略出来るまでになっていた。

今では、大都市の一等地に店を構える規模の大きな商会や、地方の貴族といった有力者達からの接触も増え、私の情報網は確実に広がりを見せていた。

私がこの三年間で得た情報では、この世界には私以外にも同じ境遇の転移者及び転生者が居るということだった。

同郷の者だからといって、生活基盤を持つ私に接触して益を貪ろうとする人間も多かったが、その多くは腹に一物を抱える者達であり、全てが敵対者とまではいかないものの、油断ならない相手として私は認識していた。

なので、私のチームには同郷の転生者や転移者のメンバーは存在しない。

そして、転機は急に訪れた。

場所はエラクトンと呼ばれる。都市を結ぶ集積所、という事以外、特に目立つ部分もあまり無い至って普通の街。

さらなる情報を求めて、王都へ向かう途中、物資の補給をするために偶然立ち寄った街だった。

「貴方宛に、だって」

あと数日もすれば補給も終わり、エラクトンを出発出来ると考えていた頃、貸し切りにしていた小さなレストランで食事会を開いていた矢先だった。

娯楽の少ないアスフィアルの世界において、内心で暇を持て余しながらも楽しそうに食事をする団員達と談笑をしていた時、遅れてやって来たアイナが私宛に持ってきたという荷物を貰った。

アイナから聞けば、送り主は私が深く興味を持つ代物だという。

（何かしら？）

冒険者チーム『暁月の旅団』は、その活躍から街の有力者達から食事会の誘いや贈り物が贈られてくる。

その理由は様々で、単純に縁を結びたい者から私達のチームを丸々と雇いたい者。

中には、私を妻に迎えたいなんていう者も居た。

アイナが渡してくれた荷物は、薄い包装紙に包まれた小包だった。

商人や貴族が贈ってくるような、高級そうな茶器や装備類と言った類では無くとても軽い。

なんだろう？　と私は考えながら、包装紙を破いて中身を見てみた。

その中身は――

（‼‼ＪＵＡＮの最新号とゆめ恋の単行本⁉⁉⁉）

私を驚かせると豪語する人間はそれなりに居る。

それこそ、私を妻に迎えたいと言った男性は、冒険者である私に対してドラゴンの鱗を使ったアクセサリーを贈ってきたが、その程度であれば私は美しいと感じたものの、特に驚きや感動を覚えたことは無かった。

単純に、私単独でもドラゴン程度討伐出来るし、本当に欲しかったら自力で得られるからだ。

今ではお金も力もあるので、大抵のものは自らの力で手に入ってしまう。だから今回も驚きは無いだろうな、と中身を見てみれば、まだ私が日本で生活をしていた時期、おしゃれ好きのクラスメイトが毎日の様に読んでいたファッション誌の最新号に、私自身が大ファンだった全国的に大人気のラブコメ漫画の単行本、その第一巻だった。

第７話　接触

次の日の夜、俺は知り合いに頼んで小さなバーを貸し切りにした。

店を貸し切り……といっても、店の営業時間が終わった後のちょっとした時間だけだ。

建物と建物の間に建てられた細長く狭いバーには、一面に綺羅びやかな酒瓶が棚に並び、通路に並ぶようにカウンター席が幾つか配置されている。

無類の酒好きな俺の知り合いが趣味が高じて出来たこの小さなバーは、知る人ぞ知る店としてエラクトンの酒好きから親しまれていた。

「アレン、店を貸し切りにしてまで呼んだ人間って誰なんだ？」

「それは来てからのお楽しみだな……まぁ、本人が来るか分からないんだけどさ」

娯楽も少なく、食文化も地球に比べれは大して発展していないアスフィアルの世界ではあるが、何故か酒に関しては地球と同程度……下手すればこちらの方が発達しているぐらいまで、アスフィアルの酒は美味い。

それも摩訶不思議なファンタジーなアイテムが幾つも存在し、常に安酒が湧き出る泉や、着火出来るほど度数が高いはちみつがあったり不思議な物が沢山ある。

俺が今飲んでいるお酒も、火竜酒と呼ばれるお酒だ。

桃色に近い、鮮やかな赤色を帯びたこの酒は、この世界においてピラミッドの頂点、最強の生物と呼び声高い、ドラゴンすらも酔い潰れると言われる程、アルコールの度数が高い酒だ。

実際、これを飲んでドラゴンが酔いつぶれるかは不明だが、それだけ度数が高いということだ。

急な頼みであったものの、俺の知り合いであり店主であるゼアンは、店の片付けをしながら、これからやってくるであろう客について聞いてきた。それに対して俺は来るかも分からない、と曖昧な答えをしつつ酒を飲む。

一方のゼアンは、特に気にした様子も無く、グラスをキュッキュと丁寧に磨きながら、煙草をふかして待っている。俺は酒は飲むものの煙草は嗜まないが、何処か様になるゼアンの姿を見て憧れは少しあった。

この店へやってくるであろう客、黒姫と呼ばれる少女の本当の名前はシズクというらしく、18歳の転移者の少女は、今や王都をはじめとした各地でその名前が轟くほど高名な冒険者だ。

俺が住む王国〈カインリーゼ王国〉において、彗星の如く現れたシズクは、たった数年で王国で最も実力のある冒険者の十人の内の一人に数えられるほどの実力者であり、このカインリーゼ王国では一番出世を果たした転移者だと思う。

ただ流されるように生きてきた俺と違い、彼女は自らの実力で活路を切り開き、その名を知らしめた。

それに加えて、なんの縁も持たないままこの世界へ飛ばされた転移者であれば、余計にその道程は厳しかっただろうと思う。

カランカラン

「いらっしゃ――――」

シズクとの約束の時間、エラクトンも寝静まるであろう深夜の時間帯に、店のドア鈴が店内に鳴り響いた。

　それまでの間に店の片付けを終わらせ、暇を持て余すように煙草をふかしていたゼアンは、俺が呼んだ人物を見て、咥えたばかりの煙草をポロリと床に落とす。

「……おいおい、お前、どういう伝手で彼女と知り合ったんだよ？」

「まだ知り合いでは無いな」

「貴方がアレン？」

　何をしでかしたんだこいつ、と言った様子でゼアンが俺の方を見てくるが、一方の店の出入り口で佇む黒姫と呼ばれる少女、シズクは、そんな驚きを隠せていないゼアンを無視してカウンター席に座る俺の顔を見ている。

「まぁ座れよ、ゼアン、彼女に何か飲み物を」

「……ガキに酒は出せんぞ？」

　シズクは俺の座る席から一個空いた場所に座った。大人向けに設置された背の高い席は、身長の低いシズクには少々高すぎたようで、ブランと足が宙に浮いていた。

　とりあえず話を切り出す前に飲み物をと、俺はゼアンにお願いする。その言葉に対してゼアンはまだ混乱から脱せていないが、言われた通りにエラクトンで親しまれているポオンという果実を絞って作られたジュースが入ったグラスを彼女の前に出す。

「……それで、貴方の話を聞きたいんだけど」

「すまん、席外してもらっていいか？」

「はいよ、戸締まりはしっかりしろよ」

世間話をせずに、早速本題に入ろうとするシズクを一旦止めた。

一応、転生者と転移者という元地球人同士の会話なので、アスフィアルの住人であるゼアンに聞かせるのは憚られた。

少しとは言え店を開けてもらい、一緒に待っていて貰った中で、ゼアンは特に不快になること無く店を出る……本来であれば、自分の店を他人に貸すと言うのはまず無い、これも長年彼と培ってきた信頼によるものだ。

「一応日本に住んでいた者同士の会話だからな、店主のゼアンには聞かせたくない」

「貴方、そんな見た目だけど日本人なの？」

「俺は転生者だからな、記憶だけだ」

何処か逸る気持ちを抑えきれていない様子の黒髪の少女を落ち着かせるように、俺は意識してゆったりと話す。彼女の質問に対して俺は一つ一つ丁寧に答えていく。

俺が一体何者なのか？　何故、俺はシズクに接触したのか？　まずは当たり障りない無難な質問に対して答えていき、少しギクシャクしていた空気を解す。

この黒髪の少女は、同じ境遇の人間であっても警戒は緩めないようだった。俺の場合、同じ境遇の転移者と転生者の人間と出会うのはシズクが初めてだったので、意外だったのだが、彼女にとっては同郷の人間であっても油断ならない存在のようだ。

「あんた、名前は？」

「私は西王寺雫、今年で18」

18歳といえば今は高校三年生ぐらいか？　見た目からして中学生ぐらいかと思っていたが……。

「貴方は？」

「俺か？　俺はアレン、ここでは20歳になる無職の男だよ」

「……違う、元の世界」

「日本の頃の名前なら新条雅人、記憶が正しければ当時25歳で死んだ、ただの一般人の男だよ」

俺は西王寺に対して、嘘偽り無く正直の元の世界の頃の素性を明かした。今でこそ、アスフィアル人らしい見た目ではあるものの、元は日本人だ。

「……そうなの」

俺が素性を明かしたところで、彼女の警戒が緩むことはない。彼女の話し方からして、俺と同じように元の世界に住んでいた人間と何度か会ったことがあるのだろう。

「これまで会った転移者の人達は、私が西王寺と言ったら皆驚いていたわ。それを聞いて驚かないとなれば、貴方は少し前の時代の人かもしれない」

「ん？　お前、有名人なのか？　アイドルとか」

彼女の言い方からして、日本人であれば西王寺という名字は誰もが知っているような言い方だった。

「……まぁそうだな、今の俺の年齢から分かると思うが、俺が日本で生きていた頃から大体20年が経っていた。まぁ、俺が日本で拠点にしている場所は、まるで昭和みたいな場所だったけどさ」

そして彼女が言っていた事は正しい、俺はこの世界を20年間も過ごしていたので、その分地球の時間も進んでいた。

時間の流れがアスフィアルも地球も同じであれば、18歳である西王寺は俺が死んだ後に日本で生まれて、この世界へ転移してきているはずだ。

今、俺が訪れている赤根村こそ、時代に取り残されたような場所ではあるが、たまに訪れるコンビニには全く知らない雑誌や漫画が並び、嬉々として話してくれるアルバイトの木田くんともジェネレーションギャップがありすぎて、少々話が噛み合わなかったりもする。

……まぁ、木田くんは俺を外国人だと勘違いしているので、話が噛み合わなくても疑問に思っていないのが救いだが……。

「拠点……そうなの、やはり貴方は日本に行けるのね」

「まぁそうだな、今回あんたに渡した物も日本で買った物だ。苦労して手に入れたんだぞ、ソレ」

俺はそう言って、俺が真夏の暑さに負けずに、汗水垂らして得たお金で購入し、西王寺にプレゼントした本と雑誌を一瞥して答える。

「じゃあ……」

「最初に断っておくが、お前を元の世界へ帰すのは無理だ。これは意地悪とかじゃなくて出来ない、俺以外の生きている物はこの世界を超えられないんだ」

西王寺には悪いが、先に彼女の希望を潰しておくことにした。ここまで期待させておいてあれだが、話を延ばして下手に希望を抱かせるのも悪い。

「……そうなの」

「ただ、それ以外なら色々と出来るぞ、希望した物を仕入れてきたりとかな」

俺の本題はそこだった。この世界で力を持つ彼女をパトロンとして俺は金を稼ぐこと、彼女程の力と名声があればそれなりに幅を利かせて商売が出来るだろうし、彼女は娯楽の少ないこの世界において日本の雑誌や漫画といったものを得られる。

流石にそのまま言葉にするのは不味いので、ある程度マイルドに伝えた。

「……いいわ、私が貴方のスポンサーになってあげる。その代わり――」

「あぁ、俺は日本に出向いたあんたの希望する品物を手に入れる。ただ無茶は言うなよ？　あの世界だと俺は戸籍が無いからちゃんとした仕事が出来ないんだ」

雑誌や漫画程度であれば、赤根村で手伝いをしながら買うことも出来るが、流石にゲーム機やパソコンが欲しいと言われれば難しい。

一応高い買い物は出来ないぞ？　と予め釘を刺しておくことにした。

「……問題ない、私が手紙を出すからそれで解決出来ると思う」

「手紙？　まぁ、それぐらいならいいが」

一応、俺は日本へは行けるが、定職に就けない金欠外国人だということを念頭に依頼してくれ、と言ったところで西王寺には何やら考えがあるようだった。

第８話　物資の買い出し

ISEKAI SHONIN

ゼアンの店を貸し切って西王寺と二人で交渉した次の日、彼女の行動は早かった。

「団長、本気ですか？」

「うん、この人は信頼できるから」

西王寺が率いる冒険者チーム『暁月の旅団』が貸し切っているエラクトンでもグレードの高い高級宿、その一階のロビーで西王寺は早朝から俺を呼び出し、団員達に紹介した。

「こいつ、昨日居た変な男！！！」

まさに女の園と言わんばかりの空間、何処か甘い香りが漂ってきそうだが、現実はまだ眠そうにしているパジャマ姿の集団だ。そんな女性達の目の前で紹介されている俺の姿を見て驚いた表情で指を差すのは、昨日レストランの前で出会った赤髪の女性だった。

彼女は声をあげて驚いているが、起きてから時間がそこまで経っていないのか、髪はボサボサでまだ眠そうに目を細めていた。そして、薄着で宿のロビーまで来ていたので、早朝の日差しに輝く白い肌が何処か眩しい。

「別に私は団長の意見を尊重しますけど、いいんすか？　そいつ、男ですよ？」

西王寺は、俺を専属の商人ではなく団員として引き入れる様子だった。これに関しては西王寺が独断で決めたようで、団員達からは戸惑いの声が溢れるのも当然だ。

その理由は至極単純で、俺が男だからだ。

「といっても、彼には直接冒険に出てもらうわけじゃ無く、補給関係を担当して貰おうと思っている。だからアイナ、新人教育お願いね」

「えーーーーーー！！！」

……俺の直属の上司は、昨夜、レストランの入り口で顔を合わせた赤髪の少女、そして現在、やたらこちらを敵視してくるアイナのようだった。


まだ暫定ではあるものの、暁月の旅団に加入した俺は黒いスーツの様な衣服を身にまとい、明らかに不機嫌な様子の赤髪の少女、アイナと共にエラクトンの街へと物資の買い出しへ向かうことになった。

「……貴方、どうやって団長の興味を惹いたのよ、あんな生き生きとした団長、見たこと無いわ」

暁月の旅団は総勢30人を超える大所帯なので、相応の食料や生活用品が必要となってくる。

人員に加え、荷物を載せた馬車が三両とそれを牽引する馬を六頭所有している。

そんな大量の食料や生活用品を全部賄えるような商人は、このエラクトンの街には存在しないので、補給係であるアイナが様々な商人を渡り歩いてコツコツと集めていくそうだ。

そんな旅団の補給を一手に担っているアイナは、今、俺の目の前でブツブツと文句を垂れており、やはり俺の加入に対して納得いっていない様子。

「結構苦労した甲斐があったよ、まさか、直接旅団に入ることになるとは思いもしなかったけど」

「……前代未聞よ、暁月の旅団に男が加入するなんて」

アイナがポツリと呟きながら、集められた物資を一つ一つ確認していく、旅団が借り受けた一棟の倉庫には彼女が発注した大量の物資が積み上がっており、これを一人で確認するとなると、多少、骨が折れる。

彼女から渡された目録を見るに、物資の補給はほぼほぼ完了しており、後は団長である西王寺が出発の合図を出せば、いつでもエラクトンの街から旅立てる状態だそうだ。

「……まぁいいわ、人手は欲しかったし、文字書き計算出来るだけ上等よ」

「……そうか？」

目録を確認しながら、スラスラとチェックマークに印を付けていくアイナの表情はこれまでの苦労を飲み込む様な疲れた顔だった。

この世界において、文字書き計算が出来る人材は思っている以上に少ない、それこそ街の商人ですら足し引きの計算が出来る程度で、識字率だけで言えば３割にも満たないかもしれない。

そんな世界において、大量の物資を発注して管理出来る人材は団長である西王寺を除けば、俺の隣で計算をしているアイナぐらいしか居なかった。

「私は倉庫で在庫確認するから、貴方は今渡した目録を見て、買い出しに行って頂戴……旅団の名前を出せば下手にふっかけてくる商人も居ないから言い値でいいわ」

倉庫にはまだ確認が取れていない物資が沢山存在する。この世界の人達は結構アバウトなところがあるので、しっかりと在庫を確認していなければ個数が合わなかったりという事が結構ある。

なのでここは手分けして作業する事となり、新人ではあるもののエラクトンの街を知っている俺が残りの物資の買い出しへ行くことになった。


「アレン、お前どうやって黒姫のチームに入ったんだよ‼」

俺は照りつける太陽に晒されながら、エラクトンの東側の大通りを歩いていた。

特に商人として経験を積んでいないものの、補給に関する買い付けは滞りなく進み、指定されたお金を払って代わりに証紙を貰い受ければ、後は店員が指定した倉庫へと運んでくれる。

作業自体は順調だが、それ以上に、歩く度に出会う街の知り合いからの質問合戦に俺は辟易としていた。

「ちょっとした縁があってな、偶然だよ」

「んなわけあるか‼　王都で実績充分の金等級冒険者だって、男っていう理由で入団を断るようなチームなんだぞ⁉」

倉庫へ向かう俺に対して、ベッタリとくっつくようについて来るのは警備隊の仕事中であるグレウだった。

仕事はどうした……と言いたいところだが、警備の格好をしたグレウが居るために、他の奴がやってこないと思えばまだグレウに質問攻めされる方がマシかと思い、半ば話を聞き流しながら歩いていた。

　グレウが着込む金属製の鎧がガチャガチャと歩く度に擦れる音がうるさいが、グレウが居なくなればもっとうるさくなるのでここは我慢する。

　何処から情報が漏れたのかは知らないが、男である俺が暁月の旅団に加入したことは昼の間にエラクトンの街に広まっており、グレウを始めとして普段から付き合いのある知人や、全く見覚えのない自称俺の知人からも、俺が暁月の旅団へ加入した経緯について詳しく話を聞かせて欲しいと、多くの人が俺のところへ訪れてきた。

　ここまで騒ぎになるか、と次々とやってくる知人達を見て、俺は少々西王寺達を過小評価していたのかもしれない。

（面倒事になった……）

　当初の計画では、俺は西王寺率いる暁月の旅団が支援するお抱えの商人として、日本から様々な商品を持ち運んでそれらを売り捌くつもりだった。

　西王寺程の名声があれば、俺が貴族相手に商売をしようが、他の商人達から文句は言われないだろう……実際に行動に移すかは置いといて、幅広く商売が出来るだろうと考えていた。

　ただ実際は、俺が彼女に贈った女性向けのファッション誌と大人気漫画の単行本は想像以上に評価を高め、お抱えの商人どころか女性だけの冒険者チームに入ってしまう事になった。

　……結果、どうやって暁月の旅団に加入したのか知り合いや知り合いじゃない人間達から問い詰められているのであった。

第9話 帰省

「……ふぅ、やっぱり落ち着くな」

初めて地球が存在する世界へ来た時と違い、既に日本列島は夏も本番に差し掛かっており、ムーンゲートを通過した瞬間、あらゆる方向からセミ達の大合唱が耳を劈く。

照りつける太陽の日差しに眩しさを覚えるも、それと同時にアスフィアルでは味わえない日本独特の肌に張り付くようなジメッとした暑さが俺の身体を襲う。

「おや、アレンじゃないか」

「巌児爺さん、お久しぶりです」

ムーンゲートを置いてある雑木林を抜けて、傾斜のある細道にたどり着けば、丁度、木陰で休んでいた巌児爺と出会った。

最近ではタエ子さんの手伝いばっかりをしていたので、巌児爺と会うのはかれこれ一週間ぶりぐらいである。

「そんな雑木林から出てきてどうしたんだい？」

「ちょっと調べたいことがありまして……」

本当は異世界に繋がる扉を潜ってきたところです。なんて言うことは出来ない。

アハハ、と苦し紛れに笑って誤魔化す。正直不審に思われても仕方の無いことなのだが、どうやって誤魔化すにしても私有地に不法侵入している現状、どうしようも無かった。

「……そうかい、この雑木林は儂の山だからいいけど、他のところの土地は気をつけるんだよ？」

「はい、すみません」

「まぁ、儂の山を散策するぐらいなら全然かまわないよ、虫や野生の動物には気をつけるようにね」

巌児爺から注意を受け、俺は誠心誠意に謝る。

ただ収穫もあり、ムーンゲートが設置されている雑木林へ自由に出入り出来る様になった。

（すごいな、本当にここら一帯の大地主だ）

赤根村の周辺には三つの小さな山があるが、その内の2つが巌児爺の私有地になっているそうだ。

　青々しく、豊かな自然が残る巌児爺の山は、秋には綺麗な紅葉も見えるようで昔は良くきのこ狩りをしていたという。

　今では自身が老いたこともあって、一人で山奥まで行くことも無くなったが、もし、きのこ狩りに興味があれば好きに入山して採ってきて良いと言われた。

「でも俺はきのこの判別とか出来ないですよ？」

「きのこや山菜は儂や婆さんが出来るから大丈夫だよ、良いのが取れたら村でも秋の味覚祭をやりたいねぇ」

実際にやるかは分からないけど、秋になって余裕があれば巌児爺の山に入ってきのこを採取してくるか……とそう思った。


　赤根村は孤立したかのような寂れた村ではあるものの、流石に日本列島の中に存在するため、最低限の行政サービスは存在する。

　病院と呼べる物は無いが、小さな診察所から郵便局、交番といった物は一通り揃っており、今回、俺は西王寺から受け取った手紙を投函するため、村の郵便局へ訪れていた。

「港区の南麻布って、バリバリの高級住宅街じゃねーか」

　西王寺曰く、両親はかなりの資産家であり会社を経営してるという。

　同じ転移者や転生者が彼女の名字を聞けば、真っ先に思い浮かぶ程の巨大な会社なようで、西王寺は自分の身の安全を伝えつつ、俺がこの世界で動きやすいように両親にお願いをするそうだ。

　若草色の和紙の様な表面がザラザラな材質の紙は、アスフィアルの世界で最高品質の紙だ。手紙一枚分でも庶民では躊躇してうほどの金額だが、西王寺は気にせずに異世界の高級紙を使って両親に宛てた手紙を書いた。

　そして俺は、切手と封筒を購入し、指示された住所を記入してポストへ投函するだけである。

「アレン君がこんなところに来るのは珍しいね、ラブレターかい？」

「いえいえ、ちょっと知り合いに頼まれただけですよ」

　手紙や小型の郵便物だけを扱う赤根村の小さな郵便局で、村唯一の郵便局員である健さんが興味深そうに話しかけてくる。

「この時期だと帰省が出来ないから、せめて手紙だけでも……って送ってくるところもあるんだよねぇ」

「赤根村は岐阜の山奥ですもんね」

「そうだねぇ……毎年帰省するのって巖児さんのところぐらいだろうけど、あそこはねぇ」

岐阜県の山奥に存在する赤根村は、毎年夏になると村を出た人達がお盆休みを使って帰省するそうだ。

しかし、赤根村へ来るのは結構時間と手間がかかる。他県へ引っ越していった人々の多くは、太平洋と日本海を結ぶ東海北陸自動車道を使って近くまでは来れるが、そこからは大きな道はなく、一部は山道にもなっているので思っている以上に時間と体力を使ってしまう。

なので一部の家庭では、里帰りせずに手紙だけで済ますというところも多いそうだ。

「……やっぱり、相続関係ですか？」

「そうだねぇ、巖児さんはここら辺一帯の大地主だから遺産を狙っている親族も多いと思うよ、嫌だねぇ」

なんとも嫌な話だ。毎年、律儀に赤根村までやってくる親族が自分の財産目当てというのは、赤根村まで帰省してもあまり歓迎出来ないだろう。

あまりにも世知辛い帰省事情に、俺は思わず渋い顔をしてしまった。

第10話 王都に向けて

「手紙は送れた？」

「バッチリ、ただ送り主の住所とか書いて無いけど大丈夫なのか？」

「送れたのなら大丈夫よ」

西王寺が書いた両親宛ての手紙を送った次の日には、旅団はエラクトンの街から王都に向けて出発していた。

縦長に並ぶ隊には、総勢30名程の団員達が馬車を取り囲むような形で歩いている。

俺はそんな隊の中央部分、団長である西王寺の横に並びながら王都へ向けて歩いていた。

「しかしいいのか？　俺は最後尾に居た方がいいと思うが」

「貴方はこの世界で戦闘経験ないんでしょ？　なら私の隣が正解、新人の団員は防御の厚い隊の中央で護るのが基本なのよ」

「そうなのか」

このアスフィアルというファンタジー世界へやって来てから20年が経つが、こうやって本格的な旅に出たのは今回が初めてだ。

基本的に冒険者や行商人でも無ければ、生まれた村や街から出ることは殆ど無く、俺も一度だけ生まれ故郷の村からエラクトンへ来る際に外へ出た事はあれど、その例外を除けば殆ど外に出たことは無かった。

　それに加えて、今、俺達が居る場所はゴブリンやコボルトといったモンスター達が出没する危険な場所だ。

　一般的に外地と呼ばれる場所は、魔素と呼ばれる大気中を漂う魔力の素となるエネルギーの密度が特に高い場所の事を差しており、モンスターの他にも魔素によって変異した動物や植物とかも存在する。

　基本的にこの世界における村や街といった場所は、これら魔素の密度が小さく安全な場所が多い、例外として地理的観点から大気中に漂う魔素が多くても、それらデメリットを度外視して街や拠点が設置される場合もあったりする。

「まさか、ゆめ恋をこの世界で読めるなんて思いもしなかったわ」

「それは取り寄せた甲斐があったな」

　そして旅は基本的に徒歩だ。怪我人や病人が居る場合は一緒に連れている馬車の荷台に乗せたりするものの、西王寺を始め全員が徒歩の移動となる。

　それでも地球と異なり、ここはファンタジーが蔓延る異世界なので体力や移動速度は地球と比べ物にならない。たとえ徒歩であっても、昼休憩の一回のみで一日数十キロと平気で移動するので、カインリーゼ王国の王都〈ラインブルク〉は大体一週間もあれば到着する見込みだ。

　それでも旅の道中は基本的に長閑だ。外地ではあるものの、整備された道を歩いているのでモンスターと戦闘になるのは一日に数回程度、西王寺曰く、近くの森へ入らなければそうそうモンスターと戦うという事は無いのだという。

　なので、旅の間は他愛の無い話をしながら暇を潰すことが多い。

「そんなに有名なのか？　ゆめ恋って」

「連載が始まったのは5年前ぐらいかな、当時は私を含めて色んな人が読んでいたわ、実際に、私の高校でもかなり流行ってたし」

「西王寺の高校ってあのお嬢様学校だろ？　そんなところでも漫画って読むんだな」

「私の居た高校を何だと思っているの……」

　西王寺が在籍していた高校、東京の都心近くにある桜花女学園は、俺が生きていた時代から存在する名門校である。

　それこそ、元華族だの、名家の生まれだの冗談みたいな由緒正しい生まれのお嬢様達が通うエスカレーター式の中高一貫校らしい。

「貴方も読めば分かるわよ、絵柄は少女漫画みたいだけど、当時は男性にも人気あったのよ？」

　そう言いながら、西王寺は鞄に入れていたゆめ恋の単行本を差し出してくる。

「分かった。じゃあ今日の夜にでも読もうかな」

「でも気をつけなさいよ、この世界は異世界人でも日本語読めるみたいだから、彼女達に見つかったら奪われるわよ」

「……気をつける」

　何故かこの世界では日本語であろうが英語であろうが、言葉であっても文字であっても万人に通じるというのがあり、たとえ日本語であってもこの世界の人々は漫画を読む事が出来る。

なので、暇を持て余す団員達がゆめ恋の単行本を見つけてしまえばまず間違いなく騒ぎになるので、読む際には注意するように……と西王寺から言われた。


エラクトンから王都の道中は、基本的に途中にある村や街へは寄らずに野宿になる。

ただ野ざらしの場所にキャンプ地を建てるということは無くて、日本でいうところのサービスエリアやパーキングエリアのように、道中に野宿出来る様に開発された場所が存在し、旅をしている人達はそこに集まって野営の準備をする。

「随分と賑わっているんだな」

野営の準備は団員全員で行われる。火起こしからテントの設営、近くに森があれば野生の動物を狩ってくる狩猟係など仕事は様々あった。

夕焼け空に染まった時間帯には、既に暁月の旅団以外にも多くの商隊が集まっている。

「ここの野営地が周辺では一番広くて安全だからね、中には護衛目的でここまで頑張って来た商隊も居るんじゃない？」

俺も他の団員達と同じように設営の準備をする。日本のキャンプで使われるような組み立て方ではあるものの、機材は結構重量がありちょっとした力仕事になる。

それでも他の団員達は慣れた手つきで早々と設営をしていく。俺も彼女達に倣うように、資材を運びながら設営の作業をしていたら、丁度、隣に居た黄色い髪が特徴的な同じ団員の女性――ニケが俺の問いに対して答えてくれた。

「護衛目的？」

「うん、行商人とか商隊の中には私達の様な冒険者を、護衛代わりにしているところもあるからね」

「……ずるくない？」

まるでタダ乗りや便乗するかのような考えに、思わず不快感を出しそうになってしまうが、ニケが言うには持ちつ持たれつの関係だという。

商隊や冒険者チームが集まる野営地は外地の中でも、比較的魔素の薄い安全な場所が多い、殆どは夜中であってもモンスターや凶暴化した動物達は襲ってこないから問題無いという。

逆に、何かしらの不手際があった時には同じ野営地に泊まる商隊から割安で食料を譲って貰う事もあるそうだ。中には拒否する商隊もあるみたいだけど、殆どの場合は持ちつ持たれつの関係であり、互いに協力しながら旅をするのだという。

まるで学園祭のラストに出てきそうな巨大なキャンプファイヤーのような巨大な焚き火を囲むように、暁月の旅団はキャンプを設営する。

色んな人々が使用する野営地ではあるが、設備を利用する団体の中にも位というものが存在しているらしく、商人であれば規模の大きいところ、冒険者であればランクがより高い方が良い場所を使うことが出来るそうだ。

野営地はシンプルな四角形の形をしており、旅団は入り口から近い隅の部分に陣取っていた。テントは四人一組の物が計８つ設営されているものの、団長である西王寺は特別大きなテントに一人で寝ていたりする。

そして旅団は全員女性……となれば、男である俺は肩身が狭いので、旅の初日である今夜、俺は不寝の番を希望した。

「今日歩いている途中でさー、新しい術式の魔法を思いついて今さっき使ったんだけど、思いっきり失敗しちゃった‼」

「夕飯の片付けの時の大爆発の原因はお前か‼」

夕食時に使用した焚き火の火種を消さないように不寝の番をやるのは、俺を含めて五人、戦士2人に斥候1人、魔法使いが1人といった感じだ。

本来であれば、斥候役は2人必要なのだが、今回は俺が入っているので通常とは違う分け方となっている。

不寝の番は、旅団だけで無く、同じように野営地を使用している他の冒険者チームも数名出している。ただ商隊のグループは不寝の番を出さずに全員が眠っていたりするが、戦闘経験の無い人間が不寝の番をやっても効果が薄いので結果、商隊グループは不寝の番を出さないようになっているらしい。

なので夜中であってもそれなりに話し声や笑い声など聞こえてくるので、暗くても不気味、という感じはしない。

「ん？　どうしたのアレン」

「……いや、もっと警戒されているもんだと思ったから、こうやって不寝の番で会話に入れるのに驚いていた」

俺が呟くように喋ると、焚き火を囲んでいたメンバーが一斉にあぁーと納得した声を出した。

正直、西王寺がやった行動は団員達の許可なく強引に決めたことだった。女性だけの冒険者チーム、と言う部分に価値を見出して加入した団員も居るかもしれないし、その中には男嫌い、という団員も居るかもしれない。

そんな中で、当初俺はあまり歓迎されないものだと思っていた。30人以上も女性が在籍しりチームの中で1人だけ異性が混じっている……俺の居心地の悪さを別にしても、避けられるぐらいはあるんじゃないかと覚悟していた。

パチリと薪が弾ける音を聞きながら、俺は団員達の正直な感想が聞きたかった。評価を気にしたところで俺に出来ることは少ないだろうが、無理に衝突するよりはマシだろうと思い、正直に聞いてみた。

「別にいいんじゃない？　男だろうが女だろうが、旅団に貢献出来る人材なら私は大歓迎だよ」

「そうですね、周囲の噂では男嫌いだの何だの言われていますが、暁月の旅団はそういう団ではありませんし」

焚き火の向かい側に居る2人、濃い赤色の短髪が特徴的な、やたら豊かな装甲胸部を持つ女性のリュカと斥候役をやっている長い青髪が特徴的なスレンダーな体格の女性であるラズリがそう答えた。

火と水、そんなイメージのある2人は同時期に旅団へ加入したメンバーだという。リュカは自分と同じ程の大きさの大剣を、ラズリは和弓のようなシンプルかつ細めの大きな弓を使う。

どちらも優れた冒険者だ。この世界は優れた身体能力を持つ人間が多いものの地球と同じように、男女の性差によって身体能力は違ってくる。

そんな中で冒険者として大成するのは勿論男が多い……と思いがちだが、魔力量で言えば女の方が多かったりするので、役割の差はあれど意外と力量差は少ないと言える。

そんな中で、態々不利な物理系の職に就くリュカとラズリは、戦士と斥候とモロに身体能力が必要となってくる職で優れた実績を持つ旅団の中でも古参のメンバーだという。

「副団長のラフィンはまだしも、古参のメンバーなら男嫌いって少ないんじゃないかな？　最近加入したばっかりの子だとそういう考えもあったりするかもだけど」

「ラフィン……か」

リュカの言葉に、俺はラフィンと呼ばれる女性の姿を思い出す。

暗闇に溶けるような美しい漆黒の髪を持つ団長の西王寺と違い、まるで月明かりのような白に近い肩に掛かる程度の長さの銀髪が特徴的な女性……だったはずだ。

どちらも可愛いと言うよりは綺麗やかっこいい系の女性であり、同性にモテそうなタイプだと、最初彼女達を見た時に、下世話ながら俺はそう思った。

「まぁでもラフィンは男嫌いだからって無闇矢鱈に敵視しないし、基本的に彼女は団長にはべったりだから問題無いんじゃないかな？」

「他の子もそうだと思うね、どちらかというと嫌いと言うよりは異性に対して負けん気を発しているだけだろうけど」

「そうなのか」

リュカやラズリの話をまとめると、男だからといって嫌われるという事は特に無く、ひとまず安心は出来そうだった。

「ねぇねぇそれでさ、一番聞きたかったんだけど、アレンってどうやって団長の心を射止めたの？」

「心を射止めたって……大したことないよ、興味深そうな物を手に入れたから見せただけだよ」

「なにそれ！　見たい見たい‼」

キャアキャア騒ぎ立てるのは、先程思いついた魔法を失敗させて、野営地のすぐ外側に大きなクレーターを空けた水色髪の少女の様な魔法使いのキャミルだ。

見るだけで天真爛漫さを感じる彼女の瞳には、好奇心という感情がデカデカと見て取れた。

そんなキャミルと同じように、寡黙な性格なのか、メンバーの中で唯一沈黙を保っていた俺と同じぐらいの体格を持つ大柄な女性のエイダも、チラチラと俺の方に目線を配る辺り、この場に居合わせているメンバー全員が西王寺の気を惹いた物が気になるようだった。

（……見せても大丈夫か？）

この場において見せて欲しいと願っているのは、身を乗り出して俺の肩を両手で揺らしてくるキャミルだけだが、他に焚き火を囲うメンバーも、言葉には出さないがキャミルと同じように気になっている様子。

（王都でも売り出そうと思っていたし、彼女達の反応を見てみるか）

今日の昼間に、西王寺から奪われたら戻ってこないよと忠告は受けていたものの、将来的にはゆめ恋といった日本の漫画や小説を王都で売り出そうとも考えていた為、現地人である彼女達の反応を見ることにした。

「いいよ、ただしここだけの秘密にしておいてくれ」

「分かった‼」

ただそれでも騒ぎが大きくなっても困るので、俺は他言無用と唇に指を当て、喋らないようにとジェスチャーを送る。

コクリ、と一同が同意したところで俺の持っていた鞄からゆめ恋の単行本を取り出した。

第12話 異世界人、日本の大人気漫画を読む

ゆめ恋という漫画は、俺が死んだ後に生まれた作品だ。

西王寺がまだ日本で生活していた頃に流行っていた漫画のようで、ジャンルは王道的なラブコメディ、物語の主人公である片桐蓮花という女の子が夢の世界で様々な冒険を繰り広げ、元凶となった魔物を討伐したところから話が始まる。

ゆめ恋の第一巻の半分は、蓮が夢の世界を冒険する話になっており、様々な種族が登場しては、物語の節目節目の重要なシーンの部分だったり、出会いと別れといったシーンがダイジェストで流れていく。

ゆめ恋、正式名称は『貴方は夢の中で恋をする』と言い、名の通りに蓮花は夢の中で様々な経験をしてある男性に恋をする。

ただ当時の主人公は、その恋心を自覚しないまま自分を夢の世界へ閉じ込めた元凶を倒すことに邁進しており、その初恋の男性とは結ばれることなく現実世界へ帰還する。

そして夢から覚めると、そこは真っ白な知らない天井だった。

主人公、片桐蓮花は入学式当日に、交通事故によって一ヶ月以上意識不明の状態になっており、夢の国から目覚めた蓮花は、状況を飲み込めないまま入院生活を過ごす。

幸いにも大きな怪我はなかった為、蓮花は夏休み明け初めて高校へと通う事になる。

交通事故で意識を失っている間、蓮花は数年間に渡って夢の世界で冒険をした。そこで得た経験や思い出に対して、戸惑いや後ろ髪を引かれる思いを感じつつも、新たな高校生活を楽しもうと決心した瞬間、彼と出会った。

「あれ、蓮花？」

校門から校内へ続く真っ直ぐな道、まだ暑苦しい9月の初めでありながら見るだけで暑苦しさを感じるやたら人口密度の高い女子生徒の集団。

その、女子生徒達の集団の中心には、高身長でありながらこの世に存在するとは思えないほどの顔の整った男子生徒。明らかに日本人ではない淡い金髪に海のような綺麗な瞳が特徴的な男子生徒が主人公である蓮花を見て驚いていた。

「うそ、オーフィス……？」

主人公が夢の世界で冒険した人間族の男性、そして夢の国の大英雄であるオーフィスが何故か現実世界に存在していた。

そして、このオーフィスこそが片桐蓮花の初恋の人物だった。

ゆめ恋は蓮花とオーフィスの再会を皮切りに、異世界の価値観に染まるクールな見た目でありながら、何処か抜けている不思議系イケメンのカイルを始めとした、蓮花が夢の中で出会った様々な男達と片桐蓮花が繰り広げる学園ラブコメディである。

（……まぁ、今日の昼間に西王寺から全部ネタバレくらったんだけどさ）

王都へ向かう初日の昼間、ふと日本のサブカルチャーの話題になった際に、このゆめ恋の大ファンである西王寺からネタバレに近い丁寧なあらすじを、これでもかと言うほど聞かされた。

そのクールな見た目からは反して、西王寺は話を遮るのが申し訳なくなるほど楽しそうに話しつつ、俺が聞いていない細かな部分まで話してくれる。

西王寺曰く、ゆめ恋が連載されていた時代を生きていた転移者であれば、誰もが知っているような漫画だったらしい、アニメは勿論、舞台化もされて西王寺がアスフィアルの世界へ転移する直前にはゆめ恋のＴＶドラマ化も決定したのだという。

「……どうだ？」

「……………」

遠くから他冒険者チームの笑い声や、森の方から獣の遠吠えが聞こえる中、ゆめ恋の単行本を手に取った女性陣は全員一言も言葉を出さず真剣に読んでいた。

互いが身を寄せ合うように、ゆめ恋の単行本を持っているキャミルのところに集い、焚き火の灯りを頼りにして読んでいる。

ゆめ恋を読んでいる彼女達は、一見して真剣そうな眼差しではあるものの、ところどころ盛り上がる場面で『わぁ』だの『キャー』だの女性らしい声を出している辺り反応は悪くなさそうだ。

満足しているならいいか、そう思い彼女達がゆめ恋の第一巻を読み終わるまで、俺はボーッとしながら今では見慣れた異世界の美しい夜空を眺めることにした。

パタンと本を閉じる音がした。

「凄いわ、娯楽本は初めて読んだけどここまで凄い物だったなんて」

「ええ、これは大変良く出来た物語ですよ、凄く続きが気になります‼」

「お気に召したようで良かった」

最初に興味を示したキャミルに加え、彼女と一緒にゆめ恋を読んでいた他の団員達からの評判もとても良かったみたいだ。

その熱量は、昼間にゆめ恋について熱く語る西王寺と同等か、それ以上だとさえ感じる。

彼女達にとって、このような娯楽本は市場に滅多に存在せず初めての体験だと言う、しかもその初めて読んだ娯楽本が異世界で一世を風靡した大人気漫画であれば尚更のことだろう。

設定からして女性向けの漫画ではあるが、男である俺でもこれは面白い、と思ったほどには出来た内容だったので、異世界人ではあっても、ターゲット層である若い女性である彼女達にマッチしたのは当然と言うべきか。

（……むしろここまで好評なのは想像以上？）

ファンタジー世界の常として、この世界では印刷技術に乏しく書籍関係は非常に高価な物に分類される。

それこそ、この世界にある本の多くは魔法を学ぶための学術書だったり、専門的な知識が書き綴られた技術書だったりと実用的な物が多い。

先程も言ったように、ゆめ恋の様な娯楽本は数が少なく、貴族が趣味の範疇で小説の様な物を執筆するぐらいだという。

　こういったお話の大半は、アスフィアルの世界においては御伽噺になったり、詩になる事が多いそうだ。

「ねぇねぇ、この本の続きは無いの？」

「あるにはあるが結構高いんだよ、この本」

　アスフィアルの本ほどでは無いが、地球で得られる収入が限られている状況では、一冊５００円ほどの漫画であっても、正直俺にとって高額商品になる。

　ぶっちゃけて言えば、本を購入してこの世界へ持ってくるよりは以前購入したチ○ルチョコのように、菓子類のほうがずっと利益としては良いとさえ考えている。

　ゆめ恋の購入は、単純にターゲットである西王寺の興味を惹くための物であり、今後入荷する予定は無かった。

「えー！　50万ゴルドとかでならどう？」

「いえいえ、私なら70万まで出します。この本にはそれだけの価値があるかと」

　眉をハの字にして残念そうな表情でこちらを見てくるキャミルを見て、思わず心のなかで罪悪感が生まれる。

　アスフィアル世界の共通通貨である〈ゴルド〉は、シンプルに1ゴルド＝1円として価値を持つので、日本で税込み４８０円ほどのコミックがこの世界では言い値とはいえ、70万円程になるらしい。

下手すれば、そこそこの中古車が買えるレベルである。

「悩ましいが……うーむ」

一冊70万ゴルド、しかも相手との関係を考えればここは優先的に入荷することを考えるべきだが、全員分揃えるのは現状不可能だ。

「……今すぐ欲しかったら持ち主の団長に言ってくれ、でなければ少し待っていて欲しい」

大変情けないことではあるが、俺はここで絶対的な権力者である西王寺を盾にしてこの場を逃れることにした。

流石に、今俺の手持ちにある日本円では全員分を揃えることが出来ない。

ただ一冊だけなら問題ないが、ゆめ恋は40巻以上も存在しており、一冊５００円だと考えて、z全巻揃えるのに約二万円、それが複数人となれば10万円オーバーだ。

流石に個人で揃えるのは無理、と俺はきっぱり答えて、旅団内で共有するようにお願いした。

その言葉を聞いて全員が明らかに落胆するようすだったものの、基本的に手作りでオンリーワンの場合が多いアスフィアルの本と違い、地球には全く同じ内容の本が大量に存在するので、用意が整い次第購入しておく、ということでこの場は決着した。

第13話 王都到着

王都へ向かう道中は、不寝の番を共にした団員達とも仲良くなったお陰で、それなりに楽しめる旅になった。

本来であれば、モンスターが蔓延るこの世界で旅をするというのはとても厳しく危険な行為だ。少なくともモンスターが蔓延る外地と呼ばれる場所は、戦闘経験の無い一般人が足を踏み入れる領域ではなく、もし何かしらの理由で遠い場所へ行かなければならない場合は、高い金を払って冒険者達に護衛をして貰うことが多い。

そうやって万全を期していても、危険と隣り合わせという状況には変わりなく、何かしらの理由で、通り道に強大なモンスターが住み着いていたり、旅の途中で野盗に襲撃されたり、または護衛と思っていた冒険者が裏稼業の人間だったりと完全に安心することは出来ない。

そんな中で、俺は最高の条件で外地へと出ることが出来たと思う。

周囲には、近年王都を席巻するような凄腕の冒険者集団が居て、王都近辺に出没するモンスター程度であれば、鼻歌交じりで討伐出来る程の高ランクの冒険者達だ。

少なくとも、暁月の旅団は大貴族が雇うクラスの冒険者チームであることから、一般人である俺が彼女達と共に王都へ行けたのは間違いなく幸運な事であった。

「これがゆめ恋の続き‼」

「……一応、団長の物だから注意してくれよ」

男女という性差はあれど、設営出来るテントの数は限られているので男である俺であっても、女性団員と同じテントの下で眠る事になる。

最初の頃こそは緊張で中々寝付けなかったのだが、リサーチも兼ねて貸したゆめ恋の単行本を通じ、キャミルを始めとした初日に不眠の番をした団員と仲良くなれたし、今では異性だからといってそこまで気にならなくなっていた。

今日は不寝の番の係ではなく、普通に設営したテントの中に入って就寝するところだ。

テントの天井には、生活品として広く使われている叩くと光る〈衝光石〉と呼ばれる鉱石を使ったライトが吊り下げられており、淡い光がテントの中を照らしている。

テントの中は口の字を描くように寝袋が敷かれ、中心には今朝の内に西王寺から借り受けたゆめ恋の二巻が置かれている。

テントの中に居るメンバーは、魔法使いキャミルと戦士のリュカとエイダに俺を合わせた計四人だ。

弓使いであるラズリは役割分担の関係から、別の班なのでこの場には居ない。

「わぁ‼」

同志が増えるなら……と、まさにファンの鑑の様な精神で西王寺は快くゆめ恋の第二巻を貸してくれた。

メンバーの中で特にゆめ恋の続きを読みたがっていたキャミルは、ゆめ恋の本を両手に取ると、衝光石が輝くランプに照らすように掲げて表紙の絵を見る。

（ここまで喜んでくれるなら共同用に揃えてもいいかもしれないな……）

団長である西王寺は個人で所有したいだろうから別として、未だ距離感を測りかねる他の団員達と仲良くなるためにも、暁月の旅団の共有物としてゆめ恋の本を卸してもいいかもしれないと思った。

少なくともキャミルやリュカ、エイダの反応を見るにこの世界の価値観でも日本の漫画はお気に召すようで、サブカルチャーに詳しい西王寺やアルバイト店員の木田くんに相談して、他の漫画も購入してもいいかなと思い始めていた。

まぁ、なんとも簡単に絆されるなぁと思いつつも、やはり男として女性が喜ぶ姿を見るのは嬉しいものだ。


カインリーゼ王国の王都〈ラインブルク〉は、国内で最大規模の大都市となる。

東西南北に分かれた各地区には、それぞれ特徴を持った街が形成されており、中心部には白で統一された巨城〈ハインリーゼ〉が王都を一望している。

ラインブルクは北地区、南地区、東地区、西地区、中央区の5つが存在しており、俺達がやって来た場所はこの中の一つの南地区だ。

「新しいチームハウスはもう準備出来ているから、各々割り振った部屋に入って確認して頂戴、実家に顔を出すメンバーには別途伝えることがあるから副団長のラフィンの下に集まるように……以上よ」

ハイ！　と西王寺の言葉に団員達が一斉に返事したところで解散となった。

冒険者達が多く集う王都の南地区でも、暁月の旅団が王都の拠点として購入したチームハウスは、かなり立地が良い場所に建てられており、30人ものメンバーが一同に過ごしても余裕があるほどの巨大な建物だ。

旅団のチームハウスは、一階にコンビニやスーパーがあるような、一体型マンションの様な形をしており、一階部分に共用ロビーがあり食堂や風呂場といった物が存在する。

そして二階より上の階層はそれぞれ団員達の個人所有の部屋となり、急遽加入が決まった俺にも三階部分の階段から一番近い部屋が割り当てられた。

「流石王都だな、エラクトンの街並みとは全然違う」

王都を見渡すように建っている巨大な城ハインリーゼもそうだが、この世界の科学技術は中世ヨーロッパの様な雰囲気であるのにもかかわらず、魔法や摩訶不思議な性質を持った物質が多く存在するので、建築技術に対して、規模の大きな都市だと目を見張る様な巨大建造物が幾つも存在する。

流石に暁月の旅団のチームハウスのような大きな建物は限られてくるが、それでも中世ヨーロッパの世界観には似つかわしくない程の背の高い建物が多い印象だった。

第14話　赤根村の異変

以前来た時よりも、更に大きく劈くようなセミの大合唱を聞きながら、ムーンゲートを通り、雑木林を抜けたら、いつも長閑な雰囲気を漂わせる赤根村は何処か異様な空気が漂っていた。

「何だあの車？」

俺の感覚が正しければ、地球の暦は既に夏真っ盛りの8月に入っており、お盆も近いこともあって赤根村へ帰省する家庭があってもおかしくないはずだ。

実際に、以前庭の草むしりのお手伝いをしたタエ子さんの家や、巖児爺さんの家には見覚えのない車が幾つも停まっている。

「どっか映画とかに出てきそうな高級車だな……」

灼熱の日差しに輝く、長閑な赤根村には似つかわしくない黒塗りの高級車。

完全な偏見で言えば、まるでヤの付く人達が好んで使っていそうな高級車が、赤根村の至る場所の路肩に停まっており、周囲には炎天下でありながら黒服を着たガタイの良い男たちが赤根村で何かを探している。

「おぉ、アレン君じゃないか！　ここ一週間どうしていたんだい？」

「ご無沙汰しています。巖児さん」

時間としては一週間程度ではあるものの、ここのところ間隔を空けずに赤根村へやって来ていたので、1週間ぶりに顔を合わせた巖児爺さんが俺の姿を見て少し驚いた様子をしていた。

赤根村へ中々やってこれなかった理由は、勿論、西王寺と共に王都まで移動していたからである。道中、ムーンゲートさえ開けば何時でも赤根村へやって来ることは出来たが、加入したばかりの新人が深夜に不審な行動をしても宜しくないと思い自重していた。

「それで巖児さん、あの黒服の人達って誰なんですか？」

「そうだよ‼　アレン君が来なくなってから急にこの村までやって来てね、何やら君を探していると言って、ずっとここに居座っているんだよ」

思い出した！　と言わんばかりにポンッと手を合わせて、巖児爺さんは赤根村へやって来ている黒服の集団について教えてくれた。

加えて聞いてみれば、この黒服の集団は、一番近い町の最羽町から赤根村を繋ぐ山道を通って来ているらしく、毎日、早朝から夜までずっと俺のことを探しているらしい。

一部の人は赤根村の宿泊施設を利用してまで駐在しているそうだ。

「なんで西王寺グループの人達が、こんな辺鄙な村へ来るのかねぇ……アレン君、心当たりはあるかい？」

西王寺グループ、と聞けば真っ先に思い浮かんだのが、俺の雇い主である西王寺雫だろう。

彼女が言うところの俺が死んだ後の世界において、西王寺という苗字を日本で知らない人間はそうそう居ないと言っていた。

その話を聞いた時、俺は流石に言い過ぎなのでは？　と言葉半分で聞き流していたものの、俺の隣で何故か隠れるように小声で話す巖児爺さんの言葉を聞けば、西王寺の家は俺が思っている以上に凄いところのようだった。

「西王寺グループって、そんなに凄いところなんですか？」

「凄いところ、っていうレベルじゃないよ！　日本を代表する……いや、世界有数の大企業だよ‼」

あの有名な大企業を知らないの？　と巖児爺さんに凄く驚かれた。

俺がこの世界で死んだのが20数年前だと考えれば、その間に世界規模の企業が出てくるとは考えにくい、よほど大成功した新興企業なのか分からないが、少なくとも赤根村のような田舎でもその名は轟いているらしい。

コンコン

「あのー、すみません」

巖児爺さんと少し話し込んでいる間に、ムーンゲートがある雑木林周辺に居た黒服の人達は、いつの間にか何処かへ行ってしまったようだった。

それでも、巖児爺さんの家から程近いところには、西王寺グループの物だと思われる黒塗りの高級車がまだ道端に停まっていたので、俺は車の窓ガラスを軽く叩いて車内で休憩している人に話しかける。

「どちら様……？」

　俺の存在に気がついた運転手は、パワーウィンドウを動かして車の窓を開ける。同じ黒服だったので、最初俺は車内に居る人物は男かと思っていたが、車内に居たのは何処か気だるげな表情を浮かべた女性だった。

「勘違いでなければ、自分があなた達が探している人間だと思います」

「……そうだろうね、こんな片田舎にガタイの良い外国人なんてそう居るもんじゃないし」

　ハスキーボイスを奏でながら、黒服の女性はふぅと息を軽く吐いた。

「とりあえず車の中に入るかい？　外は暑いだろう」

　黒服の女性はそう言うと、ガチャリとタクシーの様に後方のドアを開けて車の中へ入るように促した。

「煙草は大丈夫？」

「はい、構いません」

　運転席に座る黒服の女性は、そのまま胸ポケットから煙草を取り出すと吸ってもいいか？　と、一言尋ねてきた。

　俺はその質問に対して、問題ないと答えると、女性は慣れた手つきでライターを取り出し、煙草に火を付けて吸い始める。

「貴方を見つけるのに本当苦労したよ、旦那様からこんな辺鄙な村へ探してこいと言われて一週

間近く経つ、その間、碌に煙草も買えないからね」

「……なんかすみません」

「いや、これは単なる私の愚痴、気にすることじゃないよ」

フフッと少し楽しそうに喋る黒服の女性は、ついでとばかりに自己紹介をしてくれた。

名前を神木晶と言うらしい。

最初は他人行儀で神木さんと話しかけて居たんだけど、神木さんから晶でいいと言われたので、俺はそのまま晶さんと呼ぶことにした。

「ふぅ」

「やっぱり日本の夏は暑いでしょ？　こんな中で一週間近くも君を探していた身にもなりなさいな」

晶さんの口調は冗談めかしだが、事実、隣町から山道を通って1週間近くも探し続けていた所からして、大変だったのは間違いないだろうと思う。

「差出人の住所を書かなくて大丈夫なのか、と西王寺に言われましたが、まさかこういう事になるなんて……」

俺は言われるがままに、西王寺の指示の下でただ手紙を出したのだが、まさか特定されて赤根村ごと捜索されるとは思いもしなかった。

西王寺はこうなることを予想していたんだろうな、と思いを口に出したところで、窓を開けて煙草を吸っていた晶さんが俺の言葉を聞いて表情を変えた。

「……やっぱり、お嬢様について知っているんだね」

晶さんはそう言うと、煙草を吸う際に開けていた窓を閉めて、ガチャリと車のロックを掛ける。

「すまないけど、君を帰すわけには行かなくなった。勿論、最初からそうするつもりだったけどね?」

先程まで気の良いお姉さん、といった感じだった晶さんの表情は何処か殺気に似た――まるで殺し屋の様な気配を身に纏っていた。

第15話　西王寺グループ

ISEKAI SHONIN

後部座席のドアにロックが掛かった所で、晶さんは吸っていた煙草を灰皿に捨てて、独り言の様に話し始めた。

「お嬢様が行方不明になったのは、私が丁度、都内の大学を卒業して本格的に本邸に働き始めた年だった……」

晶さん曰く、お嬢様――――つまり、西王寺雫は高校一年生の春、特にイベントも無い日常のある日に突如として行方を晦ましたそうだ。

西王寺とは昔からの仲だそうだ。晶さんの実家は代々、西王寺の家で働く家系なんだそうで、晶さんも自身が中学生の頃から西王寺の身の回りのお世話をしていたらしい。

「……そうなんですか」

「お嬢様の家は、元々、都内有数の資産家の家系ではあったのだが、今のように世界的に有名な大企業になったのは龍幻様の代からだ。その資産を狙うものは多い」

西王寺の父親が経営する会社は、現会長である西王寺龍幻が一代で築き上げたそうだ。それまでは都内でも有数の資産家ではあったものの、ただ裕福な家庭、というだけであり、古くから親交があったのは晶さんの実家である神木家やその親族筋の家だけだったという。

龍幻会長の下、急激に成長を遂げた西王寺グループは、その弊害として、権力地盤が万全では無く、その膨大な権力や資金を盗み取ろうと虎視眈々と狙う者は多いという。

　実際、西王寺も普段からＳＰが彼女の身辺警護を担っており、学園も西王寺グループの影響が入っている場所だったという。

「最初は身代金目当ての拉致かと思った。一瞬の隙とは言え、ＳＰや監視カメラをくぐり抜けて攫うのは難しい……ただ、何時まで経っても交渉してくる人間は居ない」

　晶さんの話を聞いて、俺は内心それはそうだろう……と思った。確かに、晶さんの考えは一般的というか、普通に考えたらたどり着きそうな物ではあるが、西王寺は攫われたのではなく、異世界へ飛ばされたのだ。

「今も尚、お嬢様の捜索は行われている……メディアでは既に熱も冷め、ニュースにはならないが、専門の組織が生まれ、世界規模で捜索が行われていたんだ」

「……そんな中で、行方不明であるはずの西王寺直筆の手紙を出した人間が居たと……」

　世界規模で捜索を行っているのなら、赤根村の様な村にも大勢でやって来るわな……と少し納得した。

「だからこそ、否応にも貴方には話を聞かねばならない……こうやって騙すようで申し訳ないけどね」

「いえ、自分も話をしたいと思っていましたので」

　正直言えば、晶さんのやっていることに驚いたが、西王寺が最初に説明をしておけばもっとスムーズに話し合いが出来たのではないか？　と思わなくもない。

西王寺は今年で18歳になったといい、晶さんの話だと西王寺が高校一年生の頃に失踪したと言っていたことから、約3年間、どれだけの思いで探していたのかはなんとなく分かる。

晶さんは騙して申し訳ない、と言いつつも、絶対に車内からは出さないという固い意思表示もされたが、元々俺は接触する予定だったし、これは幸いと考え、晶さんの指示に従うことにした。

晶さんに案内された建物は、最羽町駅から程近い五階建ての周囲よりも一際大きな建物だった。

背の高い建物は都会だとそう珍しくはないが、赤根村より発展しているとはいえ、最羽町は住宅地が多い町だ。

案内された五階建ての建物の最上階には、広々とした実用的な会議室が存在しており、均等に並べられた長机に正面には、大きなプロジェクターも備え付けられている。

会議室の出入り口から一番遠い場所には、最羽町を一望出来る景色が広がっており、案内された建物よりも背が高い建物は、駅からすぐ近くにあるビジネスホテルぐらいだ。

「お連れしました。龍幻会長」

赤根村から車で連れてきてくれた晶さんは、建物に到着した所で離れ、そこから引き継がれる形で黒服の大男に案内されやって来た会議室、その広々とした一室の窓際で佇んでいたのは紺色のスーツを身に纏った壮年の男性。

龍幻会長、と呼ばれた人物は俺や隣に立っている黒服の大男と違って少し痩せ気味の男性だ。

身長は１７０後半ほどだろうか？　１９０ぐらいはある俺や、多分2メートルを超えるだろう黒服の大男に比べて何処か頼りなさそうなイメージがあった。

「君がアレンくんか……私の娘が書いた手紙にあった通りの男性だね」

ガタイだけで言えば、俺や黒服の大男には負けるものの、発せられるオーラは一般人とは隔絶したナニカが存在した。

威圧感、に近い息が詰まりそうな独特なオーラは、娘と紹介した西王寺も持っていたが今、目の前に居る壮年の男性はその圧が比較にならない。

（……もしかしたらヤバい人間と接触したかもしれん）

龍幻会長と呼ばれた男性と出会った瞬間、俺は思わず後悔しそうになった。

　ゴクリ、と俺がツバを飲み込んだ瞬間、龍幻会長はペラリと一枚の手紙を取り出した。

　その手紙は、以前俺が西王寺に頼まれて赤根村の郵便局から出した手紙だ。

「この手紙に書かれている内容はね、一族の者にしか使えない暗号文なんだよ、それに加えてこの手紙を出した宛先も、私に直通で送られる極秘の住所だ。こんなものを使えるのは西王寺の一族かグループの幹部ぐらいだろうね」

　最初、娘を騙る者から送られた時は本当に驚いたよ、と龍幻会長は手紙を揺らしながら楽しそうに語る。

「……なるほど、だから西王寺は大丈夫だと言ったのか」

「消印である程度の場所は特定出来るからね、赤根村という辺鄙な村に西洋人の大男となればそう特定は難しくないだろう？」

　それはそう、と内心で龍幻会長の言葉に同意しながら続きを促す。そして何時の間にか俺のもう片方の隣には晶さんが立っていた。

「そこに立っている晶はね、私の娘――――西王寺雫の専属のお手伝いさんなんだ。本来は本邸で家事をしていたメイドだったんだけど、雫が失踪してからは色々とがんばってね、今では立派なSPを任せているんだ」

「……」

メイドからＳＰへジョブチェンジ……まぁ、晶さんについては、彼女本人から最羽町へ向かう車の中である程度話は聞いていたのだが、他人から聞いてみると凄い経歴だ。

「龍幻様、お嬢様については来るまでの間にある程度説明をしております」

「そうか、なら説明は簡単に済ませようか」

晶さんが言ったように、西王寺が失踪したのは、今から約三年前の放課後、たった数分、護衛の人間が交代する瞬間を狙ったかのように、西王寺は居なくなったそうだ。

周囲の監視カメラを調べてみても、不審な車や人物は無く、西王寺グループの独自の捜査機関や警察を動かしても足取りを見つけることが出来なかったのだという。

（……独自の捜査機関ってなんだよ、すげーな西王寺グループって）

今や世界を股に掛ける巨大企業、西王寺グループは日本はもちろん、世界にも強い影響力を持つ企業だという。

ＩＴを初めとした情報関係から不動産、鉄道、自動車産業といった物や、根幹産業と呼ばれる金属工業から電気、石油といったエネルギー産業まで幅広く手掛け、関連子会社は数百とも存在すると言われるらしい。

……実際のところは、西王寺グループの名前でもある西王寺家が巨大な資本や株式を保有しているので財閥と変わらないそうだ。

（凄いな、俺が死んだ後に、日本で超巨大企業が出来るなんて）

「まぁ、西王寺の一族ともなればそれ相応の警戒は当然しているよ、身代金目的の拉致といった具合にね、雫も薄々気がついていたが、周囲に展開する護衛以外にも何十人という人間が警護についていたんだ」

そりゃ、総資産が兆を軽く超えるような大企業の会長の娘ともなれば、良からぬ事を考える輩は多いだろう。

なので龍幻会長は、日頃から警護の人間を雇って周囲を護っていたそうだ。

(そりゃ異世界転移だもんなぁ、護れって言われても無理だろう)

まるで神隠しだった、と龍幻会長が説明するが、事情を知る俺からすれば、西王寺雫が突如として失踪したのはまさに神隠しにあったからだ。

だからといって、バカ正直に言っても信用して貰えないことは分かっている。

「それで、途方に暮れていた中で届いたのが、娘である雫が書いた直筆の手紙だ。内容は私の協力者が居るから協力して欲しい……とのことだ。流石にこれを最初読んだ時は心臓が飛び出るかと思ったよ」

そう語る龍幻会長は、大袈裟に息を吐く。未だ姿は見えなくても娘の手がかりを得られただけでも嬉しかったという気持ちがヒシヒシと伝わってきた。

その姿はまるで演劇のように芝居がかっているが何処か様になっている。少なくとも、それまで一切の連絡が無かった娘から手紙が来たことに安堵したのは本当のようで、少しピリ付いていた護衛の人達と違い、龍幻会長は何処か友好的な雰囲気を俺に見せてくれる。

「……ちなみに、この部屋に盗聴や録音の類は？」

「無いよ？　角度的には向かい側にあるホテルが見えそうだけど、最上階にあるこの会議室は見えないし、周囲も警備をしっかり固めているからね」

　龍幻会長からの説明を聞いて、百聞は一見にしかず……という言葉もあるように、俺は色々と説明をする前に、とりあえず龍幻会長が居るこの会議室に〈異世界渡航〉を発動してムーンゲートを開き、直接見て貰うことにした。

「……これは驚いたね」

　何も無い場所から、いきなりブォンと音が鳴ったと思いきや、突如として白いモヤの様なものが掛かっている扉が会議室に出現する。

　一瞬、俺が不審な動きをしようとしたので、両隣に居た黒服の大男と晶さんが動こうとするものの、正面に立っていた龍幻会長がその動きを静止させる。

「これは私の持つ力で出現させたゲートです。このゲートを使えば龍幻会長の娘さんが居る場所に行けます」

「……そのゲートを使う条件は？」

「条件に関して詳しく把握しているわけではありませんが、少なくとも大前提として、自分以外の物に関しては生命体では無いことです」

「なるほど……少し触ってみても？」

「はい、大丈夫ですよ」

会議室にいきなり出現したムーンゲートに対して、強い興味を持った龍幻会長が俺に許可を貰ってから直接手で触れる。

触れようとした瞬間、晶さんが止めさせようとする素振りを見せるものの、それを無視して龍幻会長はムーンゲートをベタベタと不思議そうに触っていた。

「ふむ、モヤがかかっているが触ってみると、まるで大理石を触っているかのように凹凸のない平坦な板のようだ」

ムーンゲートのモヤだけでなく、他にも扉の枠の部分を触ったりと、色々調べる龍幻会長に対して、護衛である晶さんは、主人である龍幻会長が得体のしれないものを触っているので、止めるべきかと先程から困惑していた。

「龍幻会長の娘さんはそのゲートの向こう側に居ます。そして自分は彼女の部下として今、この先の世界で働かさせて貰っています」

そして俺は、自分が持つ力の一端を公開する事にした。

　本当のところでは、俺と西王寺の関係は協力者という意味合いが強いが、事実として俺は西王寺がトップを務める冒険者チームの一団員として所属しているので、雇用主と従業員という関係で俺が西王寺雫の部下として働いていると説明した。

　その言葉に対して龍幻会長はふむ、と顎に手をあてて考える素振りを見せる。

「娘はゲートの向こう側で何をしているのかね？」

「ゲートの向こう側には日本とは全く異なる別世界が広がっています。信じられないでしょうが、いわゆる剣と魔法が存在するファンタジーな世界です。彼女はその世界で冒険者チームを結成し、活動しています」

　俺の説明に、晶さんと黒服の大男は本当かよ？　と言いたげな様子でこちらを見てくる。

「異世界か……にわかには信じがたいが、このムーンゲートと呼ばれる不可思議な現象が存在する今、信憑性は高まるだろうね」

　俺も龍幻会長の立場であれば、いきなり娘が異世界に居ますなんて言われても絶対信用しない、ただ、ムーンゲートという科学では証明出来ない不可思議な現象が会議室に存在することから、戸惑いつつも、可能性は捨てきれない……という形になっているようだ。

「つまり、君はこのムーンゲートを使ってこの世界へ来れるが、戸籍が無いので仕事に就く事もできず。金銭を得られないから私に協力して欲しい……そういうわけだね？」

「はい、龍幻会長の娘さんとの契約では、私が日本の物品を融通する代わりに向こうの世界……アスフィアルと呼ばれる世界で支援して欲しいというものでした」

本来、西王寺に接触したのはアスフィアルの世界で確かな地位を持つ彼女の支援を貰い、金や銀といった希少資源を持ち運んで向こうの世界で商いをすることだった。

しかし、細かい計画を詰めた際に、俺は地球に於いての調達能力に乏しい事が判明した。言ってしまえば俺は日本において戸籍の無い不法滞在者となっており、仕事に就くことが出来なかった。

赤根村でお手伝いをしながら、インターネットに精通している木田くんを通じてネット注文で商品を得る……それぐらいしか現状で出来ることが無かった。

しかし、それでは本を一冊買うのに多くの時間が必要になる。それに加えて唯一の金銭を得る方法が村の爺さん婆さんの手伝いというとても不確実なものだ。

そこに危機感を抱いた俺と西王寺は、心配しているであろう両親に無事を伝えつつ、俺が地球で活動しやすいように手助けをする……という内容を龍幻会長に宛てた手紙に書いたらしい。

「ゲートを常時展開は出来ないのだろう？」

「はい、展開中のコストは非常に重たいので、常時展開しつつ有線ケーブルを繋げてと言うのは難しいです」

俺が持つ〈異世界渡航〉というスキル、これはアスフィアルの世界において大魔法と呼べるほどコストがバカ重い魔法だ。

そりゃ、世界を超えるのであれば大魔法と呼べる代物なのだが、試しにスマホと呼ばれる物を借りてアスフィアルの側から電話を繋げてみても、電波が通じなかった。

そして代わりに有線ケーブルを繋げようにも、ムーンゲートの常時展開は不可能に近い。糸電話の様にケーブルを繋げて通話をするより、手紙のようなやり取りの方がずっとコストが軽いのだ。

「ふむ、君の能力については大体分かった。帰りに専用のスマホを渡すから、それで娘の写真や動画でも撮ってくれないか？」

「それぐらいなら大丈夫ですよ、娘さんも日本のことについて気になっていたようですし」

スマホと呼ばれる小さな板状の携帯電話は、俺の時代には無かった物だ。しかし画面に直接触れるという操作方法を覚えてみると中々面白い。

これを使えば、従来の携帯電話のように電話だけでなく、綺麗な写真や動画が撮影出来るという、これを使用して娘を撮影し証拠を取ってこいという事になった。

これが出来れば、龍幻会長及び西王寺グループは最大限の協力をしてくれるという。

「少し時間がかかりますがいいでしょうか？　最近になって拠点を移転して少しごたついているので……」

「そこまで急ぎでは無いよ、娘にも西王寺の人間としてトップに立つ者としての心構えを教えてある。ならば新天地で気をつけないといけない状況、焦って土台を疎かにする事はあるまい」

巻では、その様な心構えを帝王学というらしい。

何年間も娘に会っていなくても、上に立つものとしての立場や考え方、行動といった部分に関して龍幻会長は西王寺を信用しているらしく、そうそう娘が隙を見せることはないと語る。

その後は、ムーンゲートの向こう側で西王寺がどの様な生活をしているか、という父親らしい質問を受け答えしながら、俺はアスフィアルの世界へ戻った。

第18話 父からのメッセージ

ISEKAI SHONIN

ムーンゲートを通って、アスフィアルの世界に戻ってきた場所は、つい今日到着したばかりの王都のにあるチームハウスの一室だっだ。

六畳一間の小さな部屋、男一人だと少々手狭な感じはするが、物価や家賃の高い王都においてチーム所属していれば家賃無料で使えるという待遇を考えればかなり良い物件だろう。

ベッドに簡易的な机と椅子が一つずつ、最低限の家具は揃っているものの、元々多くの物を持ち運んでこなかったので、俺の部屋は少々寂しいものになっている。

そんな六畳一間の部屋に、不相応なほどデカデカと鎮座する白いモヤの掛かった扉は、殺風景な部屋には異質に映った。

「……誰か入ってくるとは思わないけど、使う時は気をつけないとな」

龍幻会長に協力を取り付けた所で、俺はアスフィアルの世界へ帰ってきたわけなのだが、現在時刻は夕方を迎えており、チームハウスの一階ロビーには多くの団員達が集まっていた。

「団長が何処に居るか分かるか？」

「団長は執務室に居ると思うよー」

一階のロビーへ下りて、最初に目についたのは、小難しそうな本を読んでいるキャミルだった。キャミルは魔法使いらしい黒いローブを身に付けており、それに加えて彼女の派手な水色の髪が最初に目に付く、多くの団員達がたむろする一階ロビーでも特に目立つ格好をしていた。

そんなキャミルに今、西王寺は何処に居るか？　と聞けば、我ら旅団の長は王都に来てからずっと執務室で書類と格闘しているという。

「ありがとう、助かったよ」

「いいよいいよ！　感謝するならゆめ恋の続刊持ってきてよね——」

そんな他愛も無い会話をしつつ、キャミルが指を差した部屋へ俺は向かった。


「……なるほど、お父様と会うことが出来ましたか、まさかお父様自身、直接岐阜の片田舎まで足を運ぶとは、思いもしませんでしたが」

彼女が使用している机に置かれた紅茶のような飲み物を飲みながら、先程まで執務室の机に積まれた膨大な量の書類を物凄い速さで処理をしていた西王寺が、報告を受けるついでに少し休憩、とばかりに話し始めた。

その話しぶりからして、やはり俺が西王寺グループの人達と接触することを予測していたのだろう。

「俺がお世話になっている村で屈強な黒服の男達が全員俺を探しているんだぞ？　やりすぎだ」

「まぁ仕方ありませんね、私には姉弟も居ましたが、当時だと跡継ぎは私でしたから」

……日本を牛耳る大企業のトップの娘となれば、捜索も大掛かりなものになるのだろうか？

俺が居た場所は確かに日本であるはずなのに、西王寺の話を聞いていると、何処か違う世界の話に思えるのは、俺の気のせいなのだろうか？

「……まぁいい、龍幻会長から証拠を取ってきてくれ……ってスマホ？　っていう奴を渡された。これで西王寺と団員のみんなを撮影して欲しいんだとさ」

スマホの扱い方は、晶さんを通じて一通り教えて貰った。

この世界では電気も無く充電が出来ないので、モバイルバッテリーなる予備電池の様な物を貰ってきた。これを充電コードを使ってスマホに繋げると、電気のないアスフィアルの世界でも充電が出来るそうだ。

「なるほど、それはいいじゃないかしら……少し貸して貰える？」

「はいよ」

今回貰ったのは、黒色の縦長いタイプのスマホだ。

これは西王寺グループの系列で生産されているスマホの最新機種らしい、４Ｋで60ＦＰＳ？で撮影が出来るそうだが、俺にはよく分からない。

簡潔に言えば、凄く綺麗な写真や動画が撮影出来るらしい。

『雫、もしこの動画を見ているということは、本当に君は生きているのだろう……』

西王寺の時代には、俺が使っていた様な携帯電話はガラケーと呼ばれ殆どが淘汰され、スマホに置き換わっているそうだ。

そして、スマホは今や小学生や中学生でも持つ様な時代がやってきているそうで、西王寺も俺が渡したスマホを慣れた手つきで操作する。

「ふふっ、お父様らしいわ」

「……凄いな、こんなに綺麗に映るのか」

西王寺がスマホを少し操作したところで、いきなり龍幻会長の声が聞こえてきたので何事かと思えば、龍幻会長は娘に宛てたメッセージ動画を撮っていたらしい。

その動画を開くと、西王寺は今まで見たことのない優しい目をしてスマホの画面を見る。その眼は何気なしに潤んでいる様な気もするが、そこを指摘するのは野暮というものだろう。

数分間に及ぶメッセージを見た西王寺は、フゥと軽く息を吐くと、手に持っていたスマホを俺に返してくれる。

「いいのか？」

「元は貴方の物よ、お父様と接触出来たのならその内、私用のスマホを取り寄せるからいいわ」

「そうか」

「ええ、とりあえず団員の写真撮影だけ先にやっといて貰えない？　集合写真を撮るまでには今ある仕事を終わらせておくわ」

西王寺はそう言うと、先程と同じように机の端に積まれた書類を手にとって目を通していく。

第19話　変わる日常

ISEKAI SHONIN

「えぇー……」

一番最初、地球が存在する世界へ訪れた場所は、巖児爺さんが所有する土地の雑木林だった。

そこから少し歩けば、時代に取り残されたかのような風景が広がる赤根村が存在し、周囲は山に山に山に畑と田んぼ、誰もが想像するような立派な田舎が広がっていた。

そして、西王寺の一件から場所は移り、現在、俺が今居る場所は、何階建てかも分からないほど背の高い、高層マンションの最上階だった。

バーベキューなどが楽しめそうな程面積の広いベランダへと出てみれば、上は煌めく青空が一望出来、下を見れば多くの建物が敷き詰められたように立ち並び、間を縫うように何車線もある幅の広い道路には多くの車が走っている。

遠くには海も見えており、自分の居る場所から東京湾も眺めることも出来る都心でもかなりの好立地だ。

「アレン様、昼食のご用意が出来ました」

数ある部屋の中でも、下手すればちょっとした運動が出来るんじゃないかと思うぐらい、広々とした一番大きな部屋には多くの引越し業者の方々が大きな家具を運び入れており、その光景を呆然と見ている俺に対して、後ろから何故かメイド服を着た晶さんが仰々しい話し方で話しかけてくる。

最初、晶さんと出会った時は黒服を着ていたのでギャップが凄い。

「大丈夫ですよ晶さん、前の様にもっとフランクに話しかけて貰っても……」

「……いえ、お嬢様の関係者であられる人物に対して、そういう訳にはいきません」

晶さんは腰まで伸びる赤茶色の長い後ろ髪を紐で軽く纏めており、元がカッコいい系の大人な女性ではあるのだが、カッコいいからは正反対であるはずのメイド服も何処か様になっている。

メイド服と言っても、コスプレとかで使われる様な可愛いもの物では無く、何処か落ち着きのある本格的なメイド服だ。

「……メイド服はお気に召されましたか？」

晶さんはそう言うと、スカートを裾を持ち上げ軽く広げて挨拶をするうと、そのままどうでしょうか？　と聞いてくる。

様になった流麗な仕草に、思わずドキッとしていると、ジーッと俺の反応を見ていた晶さんはクスッと小さく笑った。

「気に入って頂けたのなら良かったです。今後もこの格好をしましょううか？」

「……いえ、普段の格好でお願いします」

晶さんのドッキリに俺は思わず白旗を上げた。

俺が、西王寺が写った写真と西王寺がリーダーを務める冒険者チームの集合写真や日常風景を動画で撮影したのに加えて、個人的な判断で遠目から書類作業をする西王寺の動画を撮ったりな

ど色々とやって龍幻会長の下に提出したところ、西王寺グループの人達からの反応は劇的に変わった。

それこそ、ただの他人であったはずの晶さんが専属の付き人の様な立場になったのは、正しく劇的に反応が変わった人物の一人だ。元々、晶さんは西王寺が幼少の頃からお世話をしていたこともあって人一倍、彼女に対する想いが強いからこそ、西王寺と唯一接触出来る俺に対して色々と思うことがあったようで、晶さんは自薦で俺の付き人になったそうだ。

いきなり晶さんが付き人になると聞いた時は驚いたが、失踪後に家の使用人から特殊訓練を受けた凄腕のＳＰになるぐらいなので、西王寺に対して並々ならない思いを持っているだろうな、と納得した。

今、着ているメイド服だって、使用人をやっていた頃から着ていたのかもしれない。

「アスフィアルの世界は娯楽が少ないとなれば、雫お嬢様が好んで読んでいた漫画やアニメを優先的に運んだ方がいいでしょう……実物だと量が嵩みますから、電子書籍で一通り纏めたほうがいいかと」

「今の時代はこのスマホで漫画やアニメが観れるんですね、いい時代になったもんだ」

晶さんは俺の付き人になった。といったものの、その忠誠の矛先は俺を通じて異世界に居る西王寺に向けられている。

これに関しては、至極当然なことなので、俺は特に何も思わない……ただ同性にモテそうなカッコいい系女性が妹のような存在の相手に向けて、うーんと手を顎にあてながらプレゼント選びに悩んでいる姿は、何処か微笑ましい。

個人的な考えとして、日本で活動する為に戸籍といった物が必要になってくると考えていた。

映画や小説の話では、裏の世界の人に頼み込んで偽造して貰ったりするものだったが、俺にはその裏の世界の人に対するその伝手が無く、正直なところ途方に暮れていたというのが本当のところだ。

だがしかし、西王寺を通じて龍幻会長と出会い、この戸籍という部分はすぐに解消することが出来た。

（……こんな額、前世も含めて見たことねーよ）

愛娘である西王寺雫との唯一の連絡手段を持つ俺に対して、龍幻会長は日本で活動しやすいように、戸籍や住居、電話から活動資金といった様々な物を用意してくれた。

いつの間にか用意されていた俺の通帳には、俺の前世、新条雅人として生きていた時の何百倍という額が記載されていた。

それに加えて、一般市民には無縁の黒色のクレジットカード、つまりはブラックカードが用意され、その限度額は驚きの無制限だという。

……正直、ここまでしっかりと用意されると、かえって使いづらさがある。

俺としては、戸籍だけ用意して貰ったらアルバイトだの、アスフィアルの世界から貴金属を輸入して売り捌こうなんて考えていたんだけど、その計画は龍幻会長の計らいによって無くなってしまった。

むしろ、生活基盤の万全さで言えばアスフィアルの世界よりも上になったかもしれない。

……ただここまで大きな支援を受ける代わりに、幾つかの条件が必要となってくる。

一つは、アスフィアルに住む西王寺雫を最大限支援すること、これは今まで通りに、娯楽本や生活品を届けるといったものだ。言ってしまえば異世界配達人みたいな事をやる。

そして二つ目が、俺が使えるスキルの〈異世界渡航〉の研究の協力だ。これはまだ開始されていないものの、準備が整い次第、月に何度か西王寺グループが運営する極秘の研究施設でムーンゲートを出現させて研究するというものだ。

これには、アスフィアルの世界で入手した不思議素材の納品も含まれている。

（試しに持ってきた衝光石が一個数百万だもんなぁ……）

以前、王都へ来る際に使用した衝撃を与えると発光する不思議な鉱石をモノは試しと思って、晶さんを通じて送ったんだけど、西王寺グループお抱えの研究者の方々から物凄い文量のメールが届いた。

なんせ、この世界を構築するどの元素とも違い、原子のようなナニカが構成されて全く知らない物質を模っているのだという。

ここまで来れば、たかが高卒レベルの学力しか持たない俺では、到底理解出来ない世界になってくるので、アスフィアルの不思議素材の研究については、その道のプロに任せることにしよう。

第20話　王都露店祭

ISEKAI SHONIN

「よし、準備完了っと」

龍幻会長から様々な支援を受けることになった俺は、当初の目的である大金持ちになるというのを半ば達成したことになる。

都心の一等地に住居があり、月に数百万と自由に使えるお金があるというのは、一般家庭で生まれてきた俺の価値観からすれば立派な金持ちだと言える。

しかし、このお金は他者から与えられたお金なので楽観視は出来ない、俺の目的はお金持ちになることだが、そこにはしっかりと自らの力で稼げるような土台が必要となってくる。

出来ることならば自分で店を持って自らの力で大金を稼ぎ、老後はお手伝いの人を雇って楽隠居出来ればそれが最上だと思っている。

だからこそ、日本で安定した環境を得たからと言って、アスフィアルの世界を疎かにするということは出来ない、西王寺の依頼をこなしているだけでは前には進めないのだ。

「アレンー？　この前言っていた露店の許可書届いてるよー」

そんな事を考えていると、一階のロビーからリュカの声が聞こえてきた。

「はいコレ」

「ありがとう、助かったよ」

王都へ来てから一週間が経過した。それまで長く住んでいたエラクトンの街と違い、カインリーゼ王国の王都ラインブルクは、毎日のように外部から多くの人が訪れて来るので、常に人で溢れており夜間であってもそれなりの人々が大通りを出歩いている。

　引っ越し作業が終わった今では、昼時になれば多くの団員達がチームハウスを出て、各々が自由に活動をしている。

　しかし、まだ冒険者としての本格的な活動は先になるだろう、というのがチームの長である西王寺の言葉だ。

　ただそれでも王都周辺で狩りを行ったり、訓練をやったりする団員は多い。

　なので、王都へやって来た頃は多くの団員達がたむろしていたチームハウスの一階ロビーも、昼間となれば閑散としているのでとても静かだ。

　その殆どの団員がチームハウスを離れて外出しているのだが、だからといって全員が居なくなる訳ではなく、チームハウスには常に数人が駐在している。これは単純に警備の為であり、王都へ向かう際に一緒に不寝の番をやっていたリュカが、今日の留守番係としてロビー受付で暇そうにしていた。

「西大通りの13番って、ほぼほぼ貴族街の隣じゃん、逆にやりにくくない？」

「いや、ここで良いんだよ、今回露店に持っていく商品も貴族向けに集めたものが多いしね」

　王都では週に一度、日本で言えば日曜日にあたる休日に、王都に広がる東西南北に一直線に延びた大規模な露店の祭が行われる。

王都の東西南北に延びる大通りは、馬車を含めた多くの人々が行き交うので、道幅がかなり広く、普段であれば隣接した建物に店を構える大手の商人が商いをしているものの、この露店祭の時に限っては、他からやって来た行商人達が大通りを使って露店を開く事が可能となっているので、この露店祭を目的として古今東西、遠路遥々からやって来た行商人達が、各々珍しい品を持って王都へやって来るのだ。

一般的な街であれば、露店祭は年に数回規模の大きなイベントになるものの、人口の多い王都では毎週行われるというから王都の繁栄が窺い知れる。

「私も王都の露店祭は初めてだから楽しみ！　明日、アレンの露店に寄ってみるよ」

「ありがとう、その際にはリュカ達がずっと楽しみにしていたゆめ恋の続刊も用意しておこう」

「本当⁉　絶対行くからね‼」

そして俺はこの王都露店祭に店を出すために、事前に申請書を提出していたので、リュカから渡された許可書を見て、ちゃんと申請が通った事にホッと胸をなでおろした。

王都には大きく分けて、５つの区画が存在し、その区画ごとに大きな特徴が存在する。

例えば、暁月の旅団のチームハウスがある南地区は、冒険者達が集まる地区となっており、他に比べて工房や宿屋が多く常に活気に溢れている場所だ。

南地区はその特性から、外部からも多くの人間が常にやってくるので治安も一番悪い……が、ある意味、王都で一番活気がある場所だとも言える。

そして俺が今回、露店を出せる場所は西大通りの13という場所、ここは西地区の大通りの13番エリアということになる。

南地区と違い、西地区は古くから王都に商いをしている商人が多く存在する地区になる。

その他の特徴として、王都の中心から一番遠い外側を1番地とし、中央区に近いほど数字が大きくなるというものがある。数としては1～15まで存在しており、俺の今回充てがわれた13番エリアはかなり中央区から近い場所になる。

そしてこの王都ラインブルクでは、東西南北の各地区に加えて王都の中心に聳える白亜の巨城〈ハインリーゼ〉の周辺一帯を特別区としており、現代日本でいうところの永田町のような王国の中枢である官僚や貴族達が住む場所になっている。

この中央区は、他の地区と違って外壁でしっかりと区切られており、正しい意味で世界が違う場所だ。貴族だけでなく、高名な学者や大商会の主人といった王都でも指折りの有力者達も住まう場所なので、基本的に豪邸と呼べる程の大きな建物が間隔を空けて建っている。

まさに異世界の高級住宅街と言えるだろう。

そういう特殊な区割りが王都には存在するので、東西南北の各地区でも中央区に近ければ近いほど社会的地位の高い、影響力のある商会が店を構えている事が多いそうだ。これは露店祭でも変わらず。中央区に近ければ近いほど高価で希少な品物が売られていることが多いと言う。

なので1～7番エリアまでは大衆向けの露店が並び、8番以降のエリアは王都の富裕層向けの高級品を扱った露店が並ぶという棲み分けが出来ていた。

（……一部物好きな貴族は中央区寄りの露店祭にもお忍びで顔を出すと言う、ならそこでお得意様として呼び込めれば大成功なのだが……）

他の地区の特徴として、東地区は歓楽街が多く存在しており、賭場や娼館といったエラクトンの街でも見たような場所が多い、そして北地区は学生区と呼ばれ、国の研究機関や軍学校、魔法学校といった特殊な施設が存在するので、今の俺とはあまり関わりが無い。

そう言った観点から見れば、幾ら露店祭とは言えど各地区の特色が少なからず出る事を考えれば、古くから王都に根付く商会が多い西地区大通りで中央区寄りの13番エリアを確保出来たというのは、ほぼほぼ希望通りだと言えた。

第21話　初めての商売

アスフィアルの世界であっても、日本と同じように特別な日には昼間に催し物の開催を知らせる昼の花火――――いわゆる号砲や段雷と呼ばれる音花火を打ち上げる。

パパン！　と空に破裂音が鳴り響き、青い空に白い煙が漂う。この音によって王都露店祭は開催され、多くの人達が各地から集められた珍品を探して各方面の大通りを訪れる。

「らっしゃい！　ウチはイリオネから輸入した高品質な鉱物アクセサリーを売っているよ‼」

初めて俺が参加する王都露店祭は、快晴にも恵まれて早朝の時間帯から多くの人達が訪れている。

普段であれば、常に騒がしい南地区と違い静かな西地区であっても、今日に限ってはガヤガヤと喧騒としており、まさに祭りと呼ぶに相応しい盛況さを生み出していた。

（やっぱり、中央区寄りともなればやって来る顧客も上流階級の人達が多いな……）

俺が出店した13番エリアは、やはり中央区から近いということもあって周囲に建ち並ぶ露店も相応に高価な商品を置いているところが多かった。

それに合わせて13番エリアまで訪れるお客も相応の綺麗な身なりをしていた。流石に中央区に住む様な天上人ではないにしても、一般市民の中でもかなりの裕福層がやって来ているようだ。

ただ逆を言えば、露店であっても相応の格が無ければ見向きもされないということ、あと単純に1番エリアとかに比べて訪れる客数自体も少ないので、この場に於いて俺は数少ないチャンスを必ずモノにしなければならない。

（露店祭は夕方や夜が本番だと言っていたけど、この時間帯でも結構多いな、いや、これが普通なのか？）

　俺が出店した露店は、まるで縁日に出されるような開放感のある露店と似たようなタイプであり、正面に目を引きそうな商品を並べ、細々とした物を両脇の壁から囲うように並べている。

　と言いつつも、今回持ってきたのは以前エラクトンの街で販売を断念したチョコレート菓子や駄菓子類といった消費物が多い、一応念のためにゆめ恋のような書籍系の商品も持ってきてはいるが、これに関しては売る相手を選ぼうと思っている。

（一応、ＴＣＧとかも持ってきたけど売れるかなこれ？）

　書籍類は、仕入れ値自体が高いので、正直、あまり売れて欲しくないというのが本音だ。

　逆に今回興味本位で持ってきたのが、トレーディングカードゲームと呼ばれる対戦用のカードゲームである。

　このアスフィアルの世界では、俺や西王寺の様に転生者・転移者が数多く存在するので、チェスやトランプといった様な物は既に存在する。

　酒、ギャンブル、風俗といった芸術の欠片もない一般市民と違い、チェスの様なボードゲームやトランプと言ったカードゲームは上流階級の間では広く浸透しているようで、結構認知度は高いように感じた。

なので、今回俺は日本で人気を博しているトレカを数種類持ってきた。

手間はかかったが、袋から開封してお年玉袋の様にパックを作成し、すぐに対戦出来るように解説書やスターターデッキも用意してある。

何故トレカを選んだかと言えば、なんとなくこの世界に合いそうだったからだ。ぶっちゃけ言えば俺はこの類の遊びをしたことがないが、運搬も楽だし、偽造もされにくい、もしも流行れば大儲け出来るだろうと思ったので興味本位で持ってきただけだ。購入者達からの反応が良ければ、今回用意出来なかった他のトレーディングカードゲームも用意してみたいと思っている。

ちなみに、一パック３０００ゴルドだ。スターターに至っては3万ゴルドもする価格設定になっている。我ながら結構ふっかけていると思うが、絵の価値からしてまだ安い部類なのでは？と考えていた。


「売れんなー」

王都露店祭が始まってから数時間、丁度お昼時になった時間帯だが、俺の店は閑古鳥が鳴く程閑散としていた。

一応、チョコレート系のお菓子は幾つか売れたものの、ここへ来る客はその場で食べるような人達ではないので反応が見られないのが少し残念だ。

売り出す商品があまりにも奇抜すぎたのか、物珍しさよりも不気味さが勝ってしまい、店へと近寄ってないように感じた。

（まぁ、露店祭は週一で開催されるし、次は中エリア辺りに出店してみてもいいかもしれん）

一番の稼ぎ時が夕方からとはいえ、昼までの間に両手で数えられる程の人数しか来ないのは少々マズい。

他の店を見ても大行列という程では無いが、常に人がチラホラと商品を物色しているレベルなので、どれだけ俺の露店に人が寄り付かないかが分かる。

（まぁ、素人がいきなり商売始めても上手くいかないわな……）

商品の質や希少さだけで言えば、王都どころかアスフィアル世界でもトップクラスだと自負しているが、如何せん経験が無い。

世界に誇るメイド・イン・ジャパンともなれば幾らファンタジーな世界とは言え、中世ヨーロッパの文明レベルであれば勝負にすらならないだろうが、店頭に並べている商品の魅せ方や接客といった部分でどうにも遅れを感じている気がする。

中には店主と客が知り合い、という縁も関係してくるだろう。

本音としてはもう店を畳んで他を見学したい気分ではあるが、夕方頃にはリュカ達が来る予定なので店じまいするにも彼女らが来なければ出来ない。

（……仕方ないか、とりあえず用意した商品が売れ残ったらリュカ達にプレゼントすればいいし）

俺はそう考えながら、午後の部に臨むことにした。

第22話 カスティアーノ侯爵家

『もしかして、あの方は……』

太陽も随分と傾き、そろそろリュカ達がやって来る頃だろうと考えていた所、昼間よりも賑わっていた西大通りの13番エリアの会場は、先程の盛況さは鳴りを潜め、シーンと静寂に包まれた。

その代わり、周囲に居る客達は、ヒソヒソと隣同士でしか聞こえない程度の声量でこの13番エリアへやってきた一団に目を向けて話し合っている。

何処となく、露店を構えている商人たちも緊張の面持ちに変化してその一団を見ており、中には態々露店から離れて出迎えようとする商人も居るぐらいだ。

（……あれはどう見てもただの一般市民じゃないな）

モーゼが敵軍から民を逃がすために海を割ったように、多くの人が訪れていた混雑していた大通りも、人の波が割れて一本の道が出来ている。

何事かと思い店から乗り出すように見てみれば、街中では似つかわしくない武装した男達が集まっており、その中心には淡い金髪の少年が周囲を興味深そうに眺めながら悠々と歩いていた。

『あの方はカスティアーノ侯爵の嫡子じゃないか？　何故こんな場所に……』

『お忍びで見学に来たってところだろう、丁度この時間帯は北地区の露店祭も終わる頃だからな』

俺の隣に店を構える商人が、知人と思われる同業者の人間と話し合う声が聞こえてきた。カスティアーノ侯爵、その名は知らないが侯爵ともなれば大貴族と呼べるほど位が高い爵位だ。お忍びというには、少々警護が多すぎやしないかとも思うが、貴族の嫡男が一般向けの露店通りにやって来ると考えれば妥当なのだろうか？

『おい、周りの店を見始めたぞ‼』

　ザワザワと周囲が騒がしくなりながらも、その嫡子は気にも留めずに13番エリアの先頭にある店から順番に見学をし始めた。

　その光景は、中心人物であるカスティアーノ侯爵家の嫡子が露店の正面に立って気になる品物を見ながら、完全武装した護衛達が囲むといったものだ。

　はたから見れば、まるで恫喝現場にも見えなくは無いが、その嫡子が訪れた露店の店主達は一生懸命に今回持ってきた商品を説明している。

「うん、ここはどんな露店かな？」

　西大通りの13番エリアは、一直線に延びる大通りが北地区と南地区へ向かう事が出来る十字路になっており、中央には大きな噴水が設置されて周囲が円形になっている。

　なので13番エリアの露店は、中央の噴水を囲うように円状に露店が並んでおり、カスティアーノ侯爵の一団はぐるりと一周する形で露店を見学していた。

「この露店では、この世で最も珍しい品々を集め持ってきました。菓子から遊戯などを中心に扱っております」

カスティアーノ侯爵家の嫡子は、淡い金髪に乳白色の肌を持った美少年だった。

その顔立ちは非常に整っており、男の子とも女の子とも見て取れる中性的な顔立ちをしている。

服装は、貴族の子息らしく普段では見かけることの無い上等な衣装を身に纏っている。ただ成金で成り上がった人間のように貴金属や宝石を鏤めた様な下品な類のものではない。

年齢は12、13歳ほどだろうか？　日本であれば中学生ぐらいだと思うが、その佇まいはどこか大人びた落ち着きがある。

「へぇ、菓子を扱っているのか」

「はい、チョコレートという香りの強い甘い菓子でございます。ご試食なされますか？」

やはり貴族ということもあってか、最初に反応したのはお菓子の類だった。

「レイ様、庶民の店で食すのは当主様が……」

「今更でしょ？　お父様から何か言われたら僕自ら説明するから大丈夫だよ」

俺が試食するか聞いてみたところ、カスティアーノ侯爵家の嫡子であるレイは、紹介したチョコレートに対して強い興味を抱いたようだ。

一方で護衛役の人達はそんなレイと違って難色を示していた。なんなら試食をするかと聞いた俺に対して、なんてことをしてくれたんだと言わんばかりに睨んでいる者も居る。

「チョコレートっていうお菓子について詳しく聞いてもいいかな？」

「はい、このチョコレートはカカオという豆を砕き、砂糖やバニラを混ぜて固めたお菓子になっております……他には――――」

俺が今回試食として出したのは、この前売りに出そうと思っていた安価なやつではなく、銀座で買った随分とお高めなチョコレートだ。

以前と比べて、龍幻会長からのお小遣いもあるので、お金にも余裕があるし、用意出来るのなら最高な物を、と思って持ってきたんだけど、早速使い道が来るとは思いもしなかった。

「包み紙を持って――――はい、そうやって食べます」

まずは毒見役として、チョコレートが入った箱から適当に選んで俺が先に試食用に出すチョコレートを食べる。

……うん、やはり美味い。一箱数千円もするブランド物の高級品なだけあって普段では味わえない様な芳醇な甘さがある。

一応、アルコールの入っていないタイプなんだけど、随分と香りが強いが大丈夫かな？

「じゃあいただくね？」

そう言うと、レイはチョコレートが包まれた包装紙を掴みながら頬張った。

　はむっ、と小さな口でチョコレートを頬張ったレイは、口に入れた瞬間、かすかに驚いたように目を見開くも、特に声を上げる訳でもなく、もぐもぐと口の中を動かしながらチョコレートの甘味と香りを堪能していた。

　レイの様子を見守る周囲の護衛役の人達は、得体のしれないお菓子を食べた主人に対して心配そうに見守っているものの、とりあえず問題が無いことに少しホッとした様子だった。

「凄いねコレ！」

「お気に召されたのなら幸いです」

　未だ口の中に残っているチョコレートが溶け切っていないのか、少し聞き取りづらいながらもチョコレートの感想を述べてくるレイ。

「レイ様、食べ物を口に入れたまま喋るのはお行儀が悪いですよ」

　よほど気に入ったのか、何処か興奮気味のレイに対し　小言を言う護衛役の人達、その一部始終を見て13番エリアに居た他の人達が何事だと周囲に集まってきた。

（うん、やっぱりこの世界でも通用するよな、地球産のお菓子は）

　お菓子といっても、洋菓子から和菓子といったようにその種類は千差万別、津々浦々に存在するので、時間があれば全国各地を回って集めて良いかもしれない。

「君、これ一箱幾らかな？」

「チョコレートが8個入りで一箱3万ゴルドで販売しております」

軽く頭を下げて、試食に出したチョコレートの価格を伝える。日本であれば５０００円ぐらいの高級な部類のチョコレートだ。

本当であればもっと高いやつもあるのだが、今回は様子見と言う形で店でも一番人気な商品を取り寄せてある。

「これで3万ゴルドか、随分と安いね」

「今回はチョコレートという菓子の名を広めるために特別価格、という形にさせて貰っています」

「そうなの？　じゃあ全部買いたい、お父様や母上、姉さまや他にも知り合いにも渡したいしね」

レイはそう言うと、傍に控えていた護衛役の男を見て支払うように促す。

「……随分と支払ったお金が多いようですが大丈夫ですか？」

「いいよ気にしないで、これは驚かせて貰った分だからね」

護衛役の男から渡された小袋には、合計で50万ゴルドほど入っていた。

今回用意したチョコレートが全部で10箱なので、総額でも30万ゴルドで充分なのだが、レイは即金で50万ゴルドも出すという。

（すげー金銭感覚だな、流石お貴族様と言うべきか？）

どうも最初に食べたチョコレートで他の商品にも興味を示したようで、露店に飾られている様々な商品を見ては説明を求めてくる。

その姿はまさに子供らしい、純粋な好奇心だ。そして彼は将来の太客となる可能性もあるので俺は一つ一つ丁寧に商品の説明をしていった。

「それで、この紙袋は？」

流石貴族パワーと言うべきか、一つ一つ説明していった商品を片っ端から購入しており、支払ったお金は既に１００万を超えている。

このアスフィアルの世界でも、共通通貨であるゴルドは日本の通貨である円と同じぐらいの紙幣価値を持つ。

例えば、１番エリアで売られている豚串は一串７００ゴルド、縁日といったお祭りの特別価格としては日本と同じぐらいの値段であり、元日本人としては大変わかりやすい価値観だ。

なので日本人の感覚で言えば、まだ中学生ぐらいの少年がイベントで出店していた少し高級な店で１００万円をポンと使ったイメージに近い。

「これはトレカという商品です。この紙袋にはランダムで五枚のカードが封入されております。こちらのトレカはカードを40枚以上を用意して対戦するカードゲームになります。ルールの詳細はこちらの本に……」

「うん、それも全部買おう」

「……そうですか、ご購入ありがとうございます」

カードゲームといえば、この世界にもトランプがあるのは既に把握している。

トランプはこの世界に飛ばされた地球人の誰かが流行らせたと思うが、そのお陰もあってカードゲームに対する概念の下地が存在しているのか、結構複雑なカードゲームの遊び方も伝えやすくて助かった。

と言いつつも、俺はトレカ自体にそこまで詳しくないので、カードパックとは別に公式のルールブックを置いてある。

幾ら下地があるとはいえ、トレーディングカードゲームというのは結構複雑なシステムをしている。

トランプと違い、カードの効果や攻撃力、守備力の他にも、マナコストの概念やカードそれぞれに存在する能力に世界観や設定に合わせた豊富なテキスト。

同種のカードであっても、イラスト違いやレア度の違いなど沢山ある。

正直に言えば、俺も販売者としてある程度ルールに目を通したとは言えど、全てを覚えることは出来なかった。だからこそのルールブックを販売している訳なんだけど、こうも疑われずに即決で購入されるのも複雑な気分だ。

「へぇ、美しい絵柄だね」

ランダムに封入されている5枚のカード、早速購入したカードパックを開封して中に入っていたカードを流し見る。

「……コレほどの絵が描かれたカードが5枚で３０００ゴルドとは」

「これも特別価格というやつか？　これなら記念に一袋買っても良いかもしれないな」

取り出されたカードを見て、レイの他にも周囲を囲んでいる護衛役の男達も感嘆とした様子で見ていた。

（まぁそうだよね、元の世界なら絶対売れないけど）

１パック３０００円、絶版でもなんでも無い普通に市販されているやつであれば高すぎて逆に話題になるレベルだ。しかし、この世界では物の価値が根本的に違ってくる。

比較的、食べ物系は日本と同じぐらいの価値ではある。むしろ食品関係に至ってはアスフィアルの世界の方が安いまであった。

他にも金や銀といった貴金属もこちらの世界の方が安かったりするものの、一方で本や絵画といった物は天井知らずに高騰する場合が多い。

そうと考えれば、美しい絵が描かれているトレカはこの世界の価値観に照らし合わせてみれば格安なのかもしれない……。

第24話 金と銀のプロミカメダル

ISEKAI SHONIN

王国貴族のお坊っちゃんであるレイ・カスティアーノが西大通りの露店に襲来し、店の商品は根こそぎ買い漁られた結果、人生初の商売は完売御礼という形で幕を下ろした。

「……念のため、書籍関係は隠しておいて正解だったな」

露店正面の商品を置く台の下、前からは布で隠れている見えない場所にキャミルやリュカ達の為に用意してあった漫画類関係の商品が置いてある。

買う人も居ないだろう……そう思い並べていなかったのが幸いした形だ。

しかし、それ以外の商品——チョコレートを始めとしたお菓子からトレカといった今回用意した商品全てが一人の少年によって買い占められ、店の品揃えは随分と寂しいことになっている。

「しかも変なメダルも貰っちゃったし、どうすんだこれ？」

ピーンと親指で弾けば、金色に輝く五百円玉ぐらいのサイズのメダルが太陽の光を反射して輝く。

これはレイが帰り際に俺に渡してきた物……この金色のメダルと一緒に、同じサイズの銀色のメダルも貰っている。

『これがあれば何時でも僕のところに来れるから、時間を見つけたら来てね』

随分と満足した様子のレイは、俺が出品していた商品を全て買い漁ると、帰り際に二枚のメダルを取り出して店に置いていった。

そしてレイは次の露店を見ること無く、13番エリアから姿を消し、それを確認した周囲の野次馬達はこぞって俺の店までやってきた。

「まぁ、野次馬達の反応からしたら多分すげー物なんだろうけどさ……このメダル」

生憎、レイが全部の商品を買い占めてしまったため、後にやってきた客や同業者に売れる物は既に無かったが、店にやってきた人達全員が、俺が手に持っている二種類の金と銀のメダルをみて息を飲んでいた。

話を聞こうにもメダルに近づこうとしないし、聞いても露骨に話題を変えようとする事からして、まず間違いなく厄介な代物だというのは分かっていた。

金のメダルには、天秤のようなマークが描かれており、俺の記憶が正しければこの天秤のマークはカインリーゼの国旗に描かれているシンボルのハズだ。

そして天秤のマークの下には、縁を沿うようにカスティアーノと文字が彫られている。

銀のメダルの方には、まるでトラ◯フォースを逆さまにしたような三角形が連なるマークが描かれている。コレに関しては記憶が無いので何を示しているかは不明だが、レイが合わせて渡してきたことからして、似たような用途で使う物だと思う。

「あっ‼　全部売れちゃってるー⁉」

渡された二種類のメダルの使い道について考えていたら、周囲の喧騒をかき消すように若い女性の驚きの声が周囲に響く。

「キャミルにリュカじゃないか、いらっしゃい」

「いらっしゃい……って、全部売れてるじゃん!!」

　完売御礼、商品の置いてある棚が全て空いている状態を見て、キャミルは一緒に来ていたリュカを置き去りにして、小走りにやって来て店を隈なく観察する。

「大丈夫大丈夫、ちゃんと約束の物はとってあるから」

　最初は単純に気がついてなかっただけなのだが、キャミルは店に商品が置かれていないので、今日買う予定だったゆめ恋の続刊も売れてしまったのだと勘違いしているみたいだった。

　折角店に来て貰ったのに、意地悪するのも可哀想だと思ったので、俺は素直にゆめ恋の続刊を取り出してキャミルに渡した。

「はいよ、これがゆめ恋の３巻」

「やった!!」

　勿論、キャミルだけでなくリュカの分も用意してあることを忘れずに伝えておく。

「これってプロミカメダルじゃない？」

「プロミカ？」

キャミルとリュカの二人に無事取り置きしておいた漫画本を渡したところで、今回の露店祭で用意した品物は全て売れてしまった。

なので、夜になる前に露店を閉めることにした。本当であれば露店祭が一番騒がしくなるのがこれからではあるものの、売れるものも無いのでこのままキャミル達と一緒に散策することになった。

設営した露店を片付けている間、キャミルもリュカも一緒に手伝ってくれた。

まだまだ設営が不慣れな俺と違って、冒険者として経験の長い二人はテキパキと解体して資材を種類ごとにしっかりと纏めてくれており、返却も楽になる。

そんな中で、先程渡された謎のメダルを見てキャミルが意外そうな表情でこの謎のメダルについて教えてくれた。

「うん、プロミカメダルは街や都市の制限された場所に入場するために必要なメダルだね、冒険者でも似たような物があるんだよ」

プロミカメダルは、この世界において許可証に似た物らしい。現代で言えばライブのチケットや免許証に近いようで、これを持っていると普通では入れない場所に入る事が出来るそうだ。

「冒険者だと、制限されているダンジョンに入るためにギルドから配布されたりするね。勿論、制限されているようなダンジョンは危険だからギルドから、実績を積んでギルドから認められた人しか持っていないんだよ」

キャミルはそう言うと、ほらと言って冒険者ギルドで使われているプロミカメダルを取り出して見せてくれた。

　キャミルが持っているプロミカメダルは、俺が持っている物と違って随分と小さい、大きさで言えばコインサイズであり随分と使い古された感じがする。

「これはⅡ級ダンジョンまで挑戦出来るプロミカメダルだね、旅団の皆ならアレン以外は全員持っているんじゃないかな？」

　Ⅱ級ダンジョンがどの程度の物なのかは分からないが、少なくとも許可が必要な程危険なダンジョンなのは間違いないだろう。

　それにしても、これはしかし……。

「じゃあ、これがプロミカメダルとして何に許可が貰えたんだ？」

「金のプロミカにはカスティアーノの侯爵家の名前が彫られているし、中央区の物じゃないかな？　銀のプロミカは学区の物だよ、これはエインファイブ魔法学園のやつだね」

「なるほど」

　金のプロミカメダルには、カスティアーノという文字が彫られているのでなんとなく意味は分かる気がする。しかし、銀のプロミカメダルは王都の学区に存在する学園の校章だという。

「そういえば、キャミルは王都の学校に通っていたんだっけ？」

「うん、私は魔法使いだから当然通っていたよ。マークは違うけどアレンと同じように学区のプロミカも持ってるんだ……ほら」

　キャミルはそう言うと、胸ポケットから一つのプロミカメダルを取り出した。

取り出したプロミカメダルは、先程の冒険者ギルドが発行しているプロミカメダルと違い、俺が貰った銀のプロミカメダルと色も形もほぼ同じで、校章のマークだけが違うものだった。

「学区のプロミカは、持っているだけで王都北地区に入れるよ。後は持っているプロミカに描かれた校章の学園に入れたりするけど、他の学園は入れないから注意してね」

「そうなのか、分かった」

銀のプロミカメダルを持っていれば、王都北にある学区に入ることが出来るそうだ。しかし、学区内でも学園の敷地に関しては、それぞれに対応したプロミカメダルが必要だと言う。

つまり、俺は学区内を自由に行き来することが出来るが、今持っているメダルだと、エインファイブ魔法学園なる場所にのみ入れるそうだ。

「それにしても凄いね、私は学園の卒業生だから持っているけど、普通の人は金のプロミカも銀のプロミカも手に入れられないよ、それこそ王都の有力者でも持ってない人も多いんだから」

驚いた様子で俺の方を見てくるキャミルは、どうやってコレを手に入れたの？　と聞いてくるものの、今日やってきた客が勝手に渡してきた……と説明をしても、キャミルはおろか、一緒に話を聞いていたリュカにすら全然信じて貰えなかった。

第25話　特別なフルーツタルト

ISEKAI SHONIN

日本は暦の上では、もう既に9月に差し掛かる時期ではあったものの、外はまだまだ蒸し暑く日本……今、俺が居る場所が都会のど真ん中ということもあって、外に出ると、それまで過ごしていた岐阜の山奥に存在する赤根村とは比較にならないほどの酷暑となっていた。

いつも通りであれば、ムーンゲートを出た先で灼熱の日本の夏とセミの合唱団が俺を迎えてくれるのだが、今では快適な室温に設定された何処か殺風景な空き部屋に転移する。

未だ使われていない部屋は多いものの、日本の新居はある程度の間取りは覚えたのでもう家の中を迷うなんていう珍事件は起きない。

そんな広々とした誰も居ない廊下を歩きながら、アスフィアル世界の服を脱ぎ捨て、無造作に置かれている洗濯かごにぶち込み、そのまま衣装部屋に向かう。

いつの間にか用意されていた衣装部屋の引き戸を開ければ、壁一面にずらりと男性向けの衣服が飾られている。

個人的にはブランド物の服は好きではないが、俺が居ない間に家のクローゼットには、素人目でも分かるほどの高級そうなブランド物の衣装が揃えられていた。

用意した人が誰かは分からないものの、黒や深い青といった落ち着いた色合いで揃えている辺り、センス自体は悪くないと思う。

だからといって俺自身にはファッションセンスが皆無なので、ご丁寧に用意されていた一式を適当に選んで外に出た。

（……すげーな、いつの間にか東京タワーよりもデカいタワーが出来てる）

家を出た俺はやっと使い慣れてきたスマホでタクシーを呼び、晶さんが働いているビルまで向かうことにした。

昨今では、タクシーを使う際にも支払いをする際にもスマホを使ってやり取りするのが主流らしく、途中立ち寄ったコンビニでもスマホをレジに翳せば買い物すら出来るという時代だ。

随分と便利な世の中になったと感心しながら、タクシーの窓から見える景色を見る。

パシャリ、と隅田川を沿って移動しているタクシーの車内から見えた景色を、手に持っていたスマホで撮影して写真を保存した。

「お客さん、東京は初めてかい？」

「そうですね、初めて……ではないですけど、随分と久しぶりに来ます」

「そうなのかい？　ここ最近は、例のウイルスが蔓延していてねぇ……先月辺りになってやっとお客さんみたいな外国人の観光客の人達が戻ってきたんだよ」

「そうなんですか？」

例のウイルス？　とタクシーの運転手が語る意味については深く知らないものの、話し方から外国人と思われている俺でも通じるような共通の話題だと感じたので、ここは話を合わせておいた。

その話について詳しく聞きたかったが、ハンドルを握るタクシーの運転手は、こんな暗い話をしちゃいけねぇ……と申し訳無さそうにつぶやくと、同時に気になっていたスカイツリーなる東京タワーよりも背の高いタワーに対して話し始めてくれた。

随分と丁寧なタクシーの運転手の話を聞きながら、俺は煌めく太陽の日差しに照らされるスカイツリーを見ながら、目的地であるオフィス街へと向かう。

タクシーを降りた先には、空を見上げんばかりに聳える高層ビルが乱立しており、その中でも一際立派なビルの正面入口にやって来てみれば、入り口の横にはデカデカと西王寺という文字が書かれた碑石の様な物が置かれていた。

ビルの窓ガラスが太陽の光を乱反射し、地面を覆うアスファルトも随分と熱を溜め込んでいるので、道路脇の歩道はまるでサウナのような強烈な熱気に晒される。

そんなオフィス街を忙しなく歩いているサラリーマン達を横目に、俺は目的地であるビルへ入った。

「ふぅ、涼しいな」

「アレン様、わざわざこちらまで直接お越しにならなくても、こちらから向かいましたのに……」

少し外に出ただけでも額から汗が伝う程度には身体が熱されていたが、西王寺グループのビルへ入ると、爽やかな冷気がやってきて熱された身体を包み込んだ。

急速に熱気が抜ける心地よい感覚を堪能していたら、ビルのフロントには最初出会った頃と同じように、黒のスーツを着た晶さんが待っていた。

「いえ、少し東京を見て回りたかったのもあったので、大丈夫ですよ」

「そうなのですか？」

今日の目的は、アスフィアル世界に関する定例会議への参加に加えて、晶さんにちょっとした個人的な相談だ。

定例会議自体は既に何回か行っているので問題はない、異世界について事情を知っている研究者や社員を集めて、俺がアスフィアルの世界について説明するだけだ。

スマホで撮影した写真や動画を会議室に置かれているプロジェクターに映して、これは○○、あれは△△と一つ一つ丁寧に説明し、疑問があれば逐一回答するといった感じで形態としては授業に近い。

他には以前持ち込んだ衝光石といったアスフィアル世界の不思議物質について分かったことを教えて貰ったりと、やることはそう難しくない。

　今はそれよりも――

「貴族への贈り物……ですか？」

「はい、相手は中学生ぐらいの子なのですが、立場は向こうのほうが上なので、どんな贈り物をすればいいかと……」

　アスフィアル世界に関する会議が終わった後、会議室に集まっていた人達が退室するのを見計らい、資料を纏めていた晶さんを呼び止めて相談した。

　その内容は、昨日の露店祭で出会ったカスティアーノ侯爵家の嫡子に関する話である。

「なるほど、相手からハッキリと明言はされていないものの、招待状の様な物を貰ったのでこちらから出向かなければいけない……と言う訳ですか」

「えぇ……この様なのは初めてなのでどうすればいいのか」

　いきなり異世界に住む貴族への贈り物、と言われても困るだろうが、こういうやり取りに詳しそうな晶さんに相談することにした。

　……単純に、他の知り合いがこの手の話に関しては期待出来ないというのがあるけど。

「一般的に、目上の人物に対する贈り物といえば、ギフトセットの詰め合わせだったり、ボールペンやグラスといった物が多いです。しかし、相手が中学生ぐらいの人物となれば……」

「いわゆる日本の社交辞令的な物からは外れますよね」
もし相手が会社の上司だったり、先輩だったりするのであればインターネットを使って調べることが出来るのだが、今回の相手は貴族の少年だ。

そんなもの、幾らインターネットの海を漁ってみても事例がなさすぎて調べようが無い、付け加えるなら相手は日本の常識が通用しないファンタジー世界の住民だ。

「アスフィアルの世界となれば、日本とは大きく価値観が違います。万が一、向こうにとってタブーな物を選んでしまったら大変な事になる可能性もあります」

「……結構難しいですね」

下手をすればその場で打ち首……は流石に無いにしても、貴族を怒らせて周囲の人達に迷惑が掛かるのはやはり避けたい。

だからといって無難な物を持っていくのも違う気がする。まだ一度しか会っていないが、貴族の少年であるレイはチョコレートというクオリティの高い菓子に魅了されたという部分は少なからずあるとは思うが、その根底は未知の物への好奇心だと思う。

正直言って俺にはこの手の経験が殆ど無い、社交辞令や人間関係と言っても一般常識の範囲内でしか知らないし、それも完璧からはほど遠い。

「やはり、興味を持って貰えたものに関する物が良いのでは無いでしょうか？　フルーツタルトとかであれば見栄えも良いですし、どうでしょう？」

「そうですね、訪問となれば保存を気にしなくてもいいですし、良い案いかもしれません」

晶さんと二人で会議室に残り、色々と意見を交わした結果、一周回って一番興味を惹いた物にするところまで大まかに決まった。

だったらチョコレート系のお菓子にするか……内心でそう考えていたところで、晶さんが一つの案を出してくれた。

それまで保存出来る期間の関係から、俺の頭の中には全く考えが無かったケーキといった生菓子、アスフィアルの世界にもケーキの様なお菓子は存在するが、やはり保存の関係からクッキーや菓子パンの様な物が基本となってくる。

露店祭を開く時にも、これら冷蔵する必要の無い物を集めていたので、晶さんが勧めてくれたフルーツタルトは鮮やかな見た目でかなり映えるし、食べても美味しいスイーツだ。

ドライアイスで保存すれば、冷蔵庫に入れなくてもそれなりに持つと思うし、俺は晶さんの案を採用することにした。

「もしよければお勧めのお店があるので手配しましょうか？」

「はい、是非お願いします」

しかもそのフルーツタルトが晶さんのお勧めなら、まず間違いないだろう。

第26話　王都学区

王都ラインブルクの北地区は、将来有望な若者達が集う学区となっている。自然豊かな敷地に大学の様な巨大な学び舎が幾つも集まり、教育機関の他にも国営の研究施設も多数存在する。

都市の一地区ではあるが、その大きさや経済規模はエラクトンの街を軽く凌駕しており、他地区を隔てるように巨大な用水路が存在するので、王都の中にありながら一つの街を形成していた。

「……すげーな、ファンタジー世界」

「ん？　なんか言った？」

晶さんお勧めのフルーツタルトを予約して無事に店で受け取った俺は、そのままムーンゲートが置いてある家に戻り、世界を渡って王都ラインブルクの北地区までやってきていた。

同行者はこの北地区の敷地内にある学園の卒業者でもあるキャミルだ。

「王都だと北地区が一番面積が広いからねー、それでも敷地が足りないから研究用の薬草とかは王都の郊外で栽培してるんだよ」

「これだけデカいのにまだ足りないのか」

王都北地区は、隣接する東地区と西地区との間に巨大な用水路が存在しており、自由に行き来が出来ないように隔てられている。

用水路を通る小舟は多いが、北地区側は高い石壁で阻まれており登ることは出来ない、外から様子は見ることは出来ても用水路を渡って対岸へと向かうのは至難の業だ。

　そんな北地区へ入るための場所は計4つ、一つは中央区から延びている大通りに設置されている巨大な関所が一つ、そして東地区と西地区から繋げられている2つの橋に設置されている関所の2つ。

　そして王都の外から入るための門が1つ存在し、これで計4つとなる。

「大通り側の関所は学園に物資を搬送する商人とかが使うから、一般の人は東西のどちらかの関所を使うんだよ」

　東西の関所に架けられている橋は、昔テレビで見たことのあるヨーロッパの名所の一つであるリアルト橋のように、美しい景観も兼ね備えた立派な物となっていた。

　俺とキャミルが居る場所は西地区側の関所であり、長い列を並んで数十分待った後に手荷物検査を受けていた。

「エンファイブとライオサールのプロミカメダルだね……うん、通っていいよ」

　俺もキャミルも手に持っている荷物は少ないので、検査自体はそれほど時間が掛からなかった。

　最初は手に持っていたフルーツタルトの菓子折りを不審がられたものの、エンファイブの銀のプロミカメダルに加えて、カスティアーノ家の刻印が入った中央区のプロミカメダルを見せたら一発で納得して貰えた。

　流石、貴族の権力といったところか。

橋を渡り北地区へ入ってみれば、そこは緑あふれる空間だった。

すし詰め状態の様に建造物が乱立する他の地区と違い、北地区には等間隔に丁寧に手入れされた街路樹が設置され、道脇の地面には芝生も生えており、学生と思われる人が寝転がって眠っていた。

本当にここは王都の中なのか？　と一瞬思ってしまったが、自然が上手く調和された街の景観を見て、俺の隣を歩いていたキャミルが懐かしいなー、と言葉を呟いていたことから間違いなく、今、俺が居る場所が学区と呼ばれる場所なのだと分かった。

そんな綺麗に整備された道を歩きながら、この学区についてよく知っているキャミルのツアーガイドのような説明を聞く。

「あれはサンドリーク大聖堂だね、王都では唯一の宗教系の学校だよ」

「宗教の学校って一体何を学ぶんだ？」

西地区側から北地区へ入り、少し歩いたところでキャミルが指を差した場所にはサンドリーク大聖堂と呼ばれる巨大な建造物が姿を現した。

大聖堂、というだけあって、まるで城のような建物はゴシック様式の彫りの細かい見るだけで絵になるような、壮観な巨大建造物となっている。

立地も周囲を見渡せるような土地が高い場所に存在するので、その迫力は遠目から見てもはっきりと分かる。

「目的は人それぞれだけど教養については当たり前として、医術とか神聖魔法、治癒魔法とかかな？　特に治癒魔法は上位特殊魔法に分類されるから、適性があっても修行しないと使えないし」

「へぇ」

「中には医術や神聖魔法を覚えたいからって入学する人も居るね。その場合は高い入学費用が必要なんだけど、無事に卒業出来れば就職先には困らないし」

　前者であれば入学に必要な費用は無いものの、卒業後はサンドリーク宗教学校の母体であるハマ多神教の神官やシスターとして働かなければならないらしい。

　逆に後者であれば、一般的な魔法学校よりも割高な入学金と授業料を支払って医術や神聖魔法を学ぶことが出来るそうだ。

「神聖魔法使いならウチの旅団にもいるよ？　ナナとかはここの卒業生じゃないけど、他都市の宗教学校の出身だったはずだし」

「ナナって、紫髪の人か」

「そうそう、神聖魔法と治癒魔法を覚えた冒険者なんてすっごい希少なの。他の冒険者チームや貴族からの引き抜きの誘いとか沢山あるから油断ならないんだよー」

　そりゃ、希少なヒーラーとなれば何処も欲しがるだろうな……俺の記憶ではナナという女性は何処かおっとりとした雰囲気を漂わせる大人な女性、というイメージではあるが中々に有名な冒険者らしい。

「それで、キャミルが卒業した学校ってどんな感じだったんだ？」

「ライオサール魔法学校のこと？　別に特徴のない下級の魔法学校だよ？」

「下級？　魔法学校には上級とか下級とかあるのか？」

「うん、私が卒業したライオサール魔法学校は市民向けの魔法学校で、主に冒険者や地方都市の魔法兵として就職先があるような学校。逆にアレンが持っているエンファイブ魔法学園は上級魔法の学校だね」

　キャミルが言うに、低級魔法学校は一般市民向けに用意された魔法学校だという。入学金や授業料も一市民が払える程度には安く、15歳から3年間学ぶそうだ。

　そして就職先は主に冒険者や地方都市の魔法兵といった仕事が多いという。実際にキャミルはこのライオサール魔法学校を卒業した後は冒険者になっている。

「エンファイブ魔法学園は、一部の超天才や貴族の子供達が学ぶ場所だね。上級魔法学校は基本的に小さい頃から魔法を学ぶんだよ」

　逆に、エンファイブ魔法学園のような上級魔法学校は、将来は軍のエリートだったり貴族に雇われたりとかが多いそうだ。あとは貴族の子供たちがいっぱい集まるので社交場としての役目もあるらしい。

「国のエリート達の為の学校、というわけか……」

「一言で言えばそうだね～」

俺が今、手に持っているエンファイブのプロミカメダルも元の持ち主はこの国の侯爵家の嫡子であれば、キャミルの説明にも納得がいく。

「ライオサールのプロミカは王都でも持っている人は結構多いけど、エンファイブのプロミカはかなり少ないんだよ？　どうやって入手したの、本当にさ」

「そりゃあ……」

店に侯爵家の跡取りがやって来た……なんて説明してもキャミルは信じてくれるのだろうか？

第27話 エンファイブ魔法学園

ISEKAI SHONIN

「凄いな、ここがエンファイブ魔法学園か」

「学生の頃に何回か遠目から見たことあるけど、やっぱり凄いねー」

キャミルの学生時代の話を聞きながら学区の整備された歩道を歩き、目的地であるエンファイブ魔法学園までやってきた。

何人たりとも邪魔者は通さないと意志を感じる巨大な門の前には、守衛の建物が存在し分厚い鉄製の扉で厳重に守られている。

しかし、学園の外から見るエンファイブ魔法学園の学び舎はなんというか……先程見かけたサンドリーク大聖堂よりも更にスケールアップした感じの建物だった。

元々、アスフィアル世界に存在する建造物は、現代の地球に比べて科学技術がそこまで発達していないのにもかかわらず巨大な建造物が多い。それは王都を代表する王城がその代表格であり、地球には無い摩訶不思議な建材や魔法を用いた建築方法を使っていたりと、まさにファンタジー世界だからこそ為せる様な建造物だ。

エンファイブ魔法学園の構造は、一言で表すなら東京都庁に近い、長方形の大きな建物に二対の塔のような建物が伸びている。ただ近代的な建物という意味では無く、形が似ているというだけだ。

「なんとか入れたな……」

「まさか私も入れるとは思わなかった。凄いね、エンファイブのプロミカ」

2階建ての立派な守衛所で荷物検査をした後、そのまま敷地内に入れる……というわけではなく、右手首にブレスレットの様な魔法具を装着して入ることになる。

もし、学園の敷地内で事件を起こせば、この右手首に装着した魔法具が反応して守衛の兵士達が飛んでくるという仕様だそうだ。

つまり異世界版の発信機みたいな役割を持っているらしい。

「それにしても凄いねー、ライオサールとは大違いだよ」

「そんなに違うのか？」

「うん、ライオサールで一番大きな建物がエンファイブの学生寮よりも全然小さいよ、比べ物にもなんない」

そこまでか、とキャミルの言葉に疑いを浮かべるものの、都庁の様な巨大建造物を囲うようにエンファイブ魔法学園の敷地には関連施設が他にも幾つも存在する。

「あれは獅子寮だね。学区の出身者ならエンファイブの獅子寮は有名なんですよ」

キャミルが指を差した先には、暁月の旅団よりも大きな屋敷が存在した。

立派な造りの家には、赤い旗が掲げられており、旗には名前の通りに獅子の横顔を模したマークが施されている。

「……ここが学生寮かよ」

最初にキャミルの話を聞かなければ、貴人が泊まるような迎賓館か何かと思ったかもしれない。

「獅子寮は代々、王族の人達が所属するのが習わしなんだよ。しかも今は歴代でも最強と呼び声高い第一王女様が獅子寮に居るんだって」

「キャミルって、そこら辺の話に詳しいね」

「そりゃ冒険者をやるなら情報は命だしね、世情には詳しくないとすぐ死んじゃうよ」

キャミル曰く、冒険者は実力云々の前に、まずは世の中の流れを察知する能力が必要だと言う。

まず始めに冒険者が知っておかなければ行けないのは、自身が拠点とする都市の政情や周辺地域を治める領主の性格など様々だ。

「都市によっては、魔法使いが同じ場所に複数人集まると罪に問われたりするからね。カインリーゼの国内だとあまりないけど、場所によっては魔法使いってだけで捕まっちゃうし」

(……魔女狩りみたいなもんなのか？)

魔法使いによっては、他人を洗脳する魔法や感染型の毒を発生させるという恐ろしい魔法が存在するようだ。

これらは勿論、国によって規制されているらしく、隠れてそれら禁止魔法を覚えている魔法使いは稀に居るらしい。

だからこそ、土地を治める領主の中には魔法使いを恐れる人も多いそうで、場所によっては魔法使いと言うだけで都市への入場を断られたり、罪に問われたりするんだという。


　少々暗い話をしたせいで、俺とキャミルとの間に気まずい空気が流れていた。

　それでも足はちゃんと動いていたので、着々と目的地へは近づいていた。

　そんな時、気まずい空気を変えようとキャミルが話しかけてきた。

「それで、今日面会する人ってどんな方なの？」

「カスティアーノ侯爵家のレイ・カスティアーノっていう人。前の露店祭で客としてやってきてから招待を受けたんだよ」

　同じ歩調で獅子寮を通り過ぎ、今回エンファイブ魔法学園までやって来た目的を、キャミルは俺に聞いてきた。

　ここまでくれば問題無いだろう。俺はそう思い、まるで今日の天気を答えるように、ただ飄々と言った感じで、今日面会する人物を教える。

　細かい日時は決めていないものの、しっかりと相手側にも手紙を送っているのでちゃんと会えるはずだ。

「え」

「ん？　どうした？」

　同じ歩幅で歩いていた中、キャミルが急に足を止めた。

キャミルより少し前を歩いたところで振り向いて彼女の顔を見てみると、まるで能面を貼り付けた様な表情をしていた。

「ねぇアレン……もう一度言ってくれる？　もしかしたら聞き間違えたかもしれない」

「レイ・カスティアーノっていう人だよ、カスティアーノ侯爵家の嫡子」

「……」

俺とキャミルとの間に、少し静寂の時が流れる。

アスフィアルの世界も一番暑い時期を越えて、心地よい風が肌を撫でる中、その心地よい風が一瞬止まった瞬間にキャミルは脱兎の如く、その身を翻して逃亡を図った。

ガシリ‼

「離して‼　なんでアレンが大貴族の嫡子と関係があるのよ！！！」

「だから、この前の露店祭の時に会ったたって言っただろ！」

キャミルの脚力は身体能力に乏しい魔法使いとは思えない程、素晴らしい瞬発力を発揮したものの、こちらは転生者チートでこの世界でも上位の身体能力を持っている。

一瞬にして数メートルを移動したキャミルを的確に捉えて、彼女の細い腕をがっしりと握り、逃亡を阻止した。

「カスティアーノって、魔法貴族御三家の一角じゃん‼　そんな家の嫡子にただの平民魔法使いが会いに言ったら不敬で殺されちゃう‼」

「考えすぎだキャミル‼」

　キャーキャー言い合う様は、まるでカップルの痴話喧嘩ではあるが、彼女を逃すと俺が一人で貴族に面会しなければならないので、ここで彼女を逃す事は出来なかった。

「騙された‼　絶対行かないもんね！！！」

「キャミルはエンファイブのプロミカ持ってないだろ、一人で学園内に居たら捕まるぞ‼」

　俺とキャミルの喧嘩は、学園の周囲の生徒がなんだなんだ？　と見に来るまで続いた。

「王家が代々獅子寮に所属するみたいに、カスティアーノ侯爵家も代々大鷲寮っていう学生寮に入寮するのが習わしなんだって。だからレイ・カスティアーノ様も大鷲寮に居るはずだよ」

「大鷲寮……あともう少しだな」

「ねぇ、やっぱり帰らない？　招待されたアレンはまだしも、私が魔法貴族御三家の貴族様に面会したら不敬罪で捕まっちゃうよ」

　御三家って……まるでポ◯モンみたいだな、と内心で思ってしまうが、キャミルのような一般魔法使いにとって、カスティアーノ侯爵家のような魔法貴族御三家と呼ばれる人達は畏怖の対象になるらしい。

「侯爵家の嫡子様と面会するなんて、普通はありえないでしょ……そこは騎士とか没落寸前の男爵家程度の人が妥当じゃない？」

　ブツブツと、何やら俺に対してもこの国の貴族に対しても失礼な事を呟いているキャミルを横目に、その大鷲寮なる場所を目指して歩く。

　大鷲寮はエンファイブ魔法学園の正門からぐるりと回って、丁度反対側の裏門周辺にあるみたいだ。

　エンファイブ魔法学園では、獅子寮、水蛇寮、大鷲寮、砕熊寮の４つが存在し、それぞれに王家と魔法貴族御三家が分かれて入寮するのが習わしなのだという。


　大鷲寮は全体的に赤みがかった獅子寮と違い、深緑の建物となっており門の前には濃い緑に黄色の大鷲の絵が描かれた旗が立っている。

　学生寮を行き交う生徒達を横目に、大鷲寮の門をくぐり抜けて寮の敷地へと入る。

　大鷲寮のロビーは、高級ホテル顔負けの内装をしていた。素人目でも分かる高級な調度品の数々に、玄関を入った正面受付には専属のコンシェルジュが待機している。

「すみません、この寮に所属しているレイ・カスティアーノ様に面会をしたいのですが」

「お名前をお伺いしてもよろしいでしょうか？」

「アレン、と言います。隣は付き添いの人間です」

　一階ロビーに待機しているコンシェルジュに話を伺うと、名前を聞かれたので素直に答える。

「はい、レイ様からアレン様がお越しになられた場合、第二応接室へお連れするよう承っております。どうぞこちらへ」

　コンシェルジュの男性は受付窓口から出ると、どうぞこちらへと正面入口から見て左側の通路へと案内をしてくれた。

　通路には多くの使用人が清掃をしていたりするものの、この寮に住む学生達は結構まばらであり思っていた以上に見当たらない。

「あと半刻もすれば、レイ様もこの寮へ戻られるかと思います。それまでは、このお部屋でお待ちいただくようにお願いします」

「分かりました」

今は授業も終わり、帰宅する時間帯なのだという。

応接室に備え付けられた時計を見れば、丁度時間は16時をすぎる頃だった。

「……大丈夫か？」

「………心配してくれてありがとう、悲しいけど大丈夫じゃないわ」

ガチャリとコンシェルジュが応接間を退室してドアが閉まった後、俺はそれまでのやり取りの間、ずっと無言だったキャミルの様子を窺う。

どうも彼女は緊張で顔の血の気が引いており、体調が悪そうだった。

それでも何とか取り繕うとする彼女の姿を見て、半ば騙すような形で同行を申し出た自分としては少し申し訳ない気持ちになった。


俺とキャミルの2人は、何処か息苦しい緊張感の中でカチリカチリと秒針が時を刻む音を聞きながら応接室でレイ・カスティアーノの帰宅を待っていた。

既に周囲では、大鷲寮へ帰ってきた学生達の声が部屋の外から聴こえてくるので、面会の時もそう遠くは無いのだろう……そう考えた瞬間だった。

　ガチャリ

「やぁ、露店祭の時以来だね」

　最初に扉を開けたのは、レイ本人ではなく、彼の付き添いの人だった。

　そこに続くように部屋に堂々と入ってくるのは、淡い金色の髪が特徴的な少年、レイ・カスティアーノ本人だった。

「はい、今回はこの様な場にお呼び頂き、誠にありがとうございます」

「……」

　座っていたソファーから腰を上げ、入室したレイに対して会釈する。

　その横で座っていたキャミルも無言ではあるものの、俺と同じようにタイミングを合わせて会釈をした。

「いいよいいよ、今回は僕から呼んだんだからさ、気を楽にして」

　小さく手を振って、気にしなくて良いと答える。

　軽く挨拶をしている間にも、応接室には続々と人が入ってくる。最初は以前露店祭の時にも居た護衛の人達、そして後から入ってきたのはレイと同い年ぐらいの学生だった。

「……この人達は？」

「僕の友達、かな？」

　疑問符を付けて、コテンと首を傾げながら答えるレイに対して、俺はなんだそりゃと内心でツッコむものの、部屋に入ってきたもう一人の学生は何処か不機嫌な様子だった。

「この私を呼んだからには、それなりの理由があるのだろうな？」

大貴族の嫡子であるレイに対して、対等に……いや、第三者から見ればレイを下に見ながら話し出すのは、何処か鋭さを感じる少女。

髪はキャミルと同じ水色ではあるものの、今レイと話している少女は氷の様な白っぽい色合いをしている。そんな氷のような髪色に切れ長の目や言動も相まって、何処か厳しそうな雰囲気を漂わせていた。

「そんなに怒らないでよクリス……この人なら君の願いを叶えてくれるかもしれないんだよ？」

「……何？」

レイの意味深な発言で、クリスと呼ばれた少女の目はより一層鋭さを増す。下手すればその目だけで人を殺せるんじゃないかという迫力があり、決して15歳そこらの少女が放つオーラでは無かった。

第29話 平民と貴族と王族と

レイ・カスティアーノとの面会は、まるで戦場に居るかのような緊張感が張り詰めた空間で行われた。

その理由は単純で、西王寺にも引けを取らないような絶世の美少女がその美しい青い瞳でコチラを睨んでいるからだ。

(なんかやったか？　俺)

敵意では無いと思うが、クリスと呼ばれた少女からはヒシヒシと針で刺すような威圧感を覚える。それも相手が美少女なら尚更だ。

それに加えて、今回一緒に来ているキャミルはこの圧力に負けて半ば放心状態となっていた。強引に連れてきて何だが、もう少し役に立って欲しいと俺は内心で愚痴った。

「……とりあえず、これを」

俺はこの嫌な流れを断ち切るため、開口一番に今回持ってきた切り札を使うことにした。

キャミルと反対側のソファーの上に置いてあった白い箱、昼間の内に予約して受け取っていた晶さんお勧めのフルーツタルトが入った菓子折りだ。

真っ白な紙袋には、事前にドライアイスといった保冷が効くように持ってきたので、この場で用意しても美味しく食べられるだろう。

「これは？」

「今回の面会に合わせて用意した、特別なお菓子です……本来は保存の関係から店では普通お出しできないのですが、今回はこの様な場を設けて頂いたということもあり、ご用意しました」

俺が特別、といった瞬間に向かい側で興味深そうに菓子折りを見ていたレイの表情がピクリと動く。その動作は一瞬ではあるものの、あえて強調して喋った言葉は彼の琴線に触れたようだ。

お菓子、ということもあってレイがパンパンと軽く手を叩くと、短い間に扉の向こうから純白の食器を運んできたコンシェルジュの人がやって来る。

あまりにもの応答の速さに、唖然と見ていると、応接室へやって来たコンシェルジュの人はサッサと手早い動きで俺とキャミル、反対側に座っているレイとクリスの目の前に皿を置いた。

「この箱の中に入っているお菓子は切り分けるタイプかな？」

「いえ、個々で食べるタイプなのでそのままお皿に盛り付けて頂けたら」

箱から取り出すのは俺がやる。テープを剥がし中身を見せて、これを皿に載せれば良いと目線で合図を送れば、コンシェルジュの人はそれに合わせて包装紙を上手く包んで乗せていった。

「うわぁ♪」

フルーツタルト、というだけあって色鮮やかな果物達がタルト生地の上に盛り付けられている。

今回用意したフルーツタルトは、キウイ、みかん、イチゴ、バナナといった様々な果物が乗せられているタイプで、それぞれ緑、オレンジ、赤、白色の果実が茶色のタルト生地の上に上手く盛り付けられており、見栄えも大変良い物となっていた。

外側には純白の生クリームに、軽く雪のような粉砂糖が振りかけられている。これだけでスーパーなどで買える物とは一線を画す物だと分かる。

フルーツタルトを見たレイは、子供らしく溌剌とした喜びの表情を含ませていた。

（もう片方は……駄目そうだな）

喜んでくれているレイを片目に見ながら、隣の人物は……と確認してみるものの、相変わらず何故か俺の方を睨んでいた。

その様子は、今回持ってきた見栄えの良いフルーツタルトすら歯牙にもかけないほどであり、ここまで来て俺は何かがおかしいと気が付いた。

「フルーツタルトは冷えている状態が一番美味しいので、今の内に食べちゃいましょう。それから話しましょうか」

チクリと首筋を刺されるような不快感はあるものの、とりあえず今は折角東京銀座の高級洋菓子店で用意したフルーツタルトを食べることにした。

「ほらキャミル、正気に戻って」

尚、キャミルは未だ放心状態のままだった。

「とりあえず、自己紹介がまだだったね、僕はレイ・カスティアーノ、この学園では中等部一年だよ」

　フルーツタルトを食べ、最初に話を切り出したのはこの場を用意したレイからだった。

　まずは軽い自己紹介に、何故この様な場を設けたのかを説明する。

「やっぱり僕の見立ては正しかったね、今回持ってきてくれたフルーツタルト？　は王城で出される物より何倍も美味しかったよ‼」

「そう言って頂けたら、コチラとしても用意した甲斐がありました」

　俺はレイからの称賛の言葉に対して、少し謙遜を含めつつ受け答える。ここまでは単なる社交辞令だ。

　そして……。

「僕の隣に居るのはね、僕の従姉妹にあたるんだよ、ねっ？　クリス」

「……クリス・イレイサと言います」

　先程から不機嫌な様子を収めない、それでもその刀のような鋭利な雰囲気は何処か彼女の雰囲気とマッチしていた。

　それでも、会話を回すレイの言葉に答えるように、クリスは軽く自己紹介をした。

　その言葉は酷くぶっきらぼうであるものの、先程に比べて少し棘が無くなったようにも感じた。

「本当にどうしちゃったの？　クリスって普段からクールぶってるけど、そこまで酷くなかったじゃん」

「……うるさい、お前は少し黙れ」

（すげぇ、侯爵家の嫡子にここまで言えるのか）

少しからかう様に、クリスに話しかけるレイに対して、彼女は暴言とも取れる荒れた言葉でレイの言葉を切った。

２人の関係がどういうものかは知らないが、少なくともレイは上から二番目の爵位である侯爵家の嫡子だ。

そんな相手に乱暴な言葉を吐けるのは凄いと思った。レイ本人は言われても気にしない様子ではあるが、親族間であればこれが普通なのだろうか？

そんな不思議な関係性に少し興味を持ったところで、レイは衝撃発言をかましてきた。

「嘘ついちゃ駄目だよクリス、君の名前はまだあるでしょ？」

「名前？」

「うん、アレンは平民だから名前だけでしょ？　そして僕は貴族だから名前と家名の２つ、だけどね、クリスはまだ続きがあるんだよ」

続き？　と一瞬疑問を浮かべたところで、ハッと脳内が弾けるようにレイがこの後に放つ言葉が分かってしまった。

俺の反応を見て、レイはイタズラが成功した様な表情でコチラを見ていた。

「クリスのフルネームは、クリス・イレイサ・カインリーゼ、この国の王女様だよ！」

出来れば知りたくなかった真実がレイの口から放たれた。

第30話　王女の真実

ISEKAI SHONIN

（ロイヤルファミリーかよ‼）

レイの口から放たれた衝撃の言葉に、俺は心の中で叫んだ。

大国カインリーゼ王国、この国の名を背負う人物は、何百万と居る国民の中で両手の指で数えられるほど少ない。

それもそのはず。この名前を持つ人間はもれなくこの国の頂点に立つ一家の生まれであり、最も高貴な血であり、転生者や転移者を除けばこの国で最も魔法に富んだ最強の一族でもある。

アスフィアルの世界において、転生者や転移者を除けば基本的に王族＞貴族＞騎士＞平民の順で魔法的素質があると言われている。

勿論、平民でもキャミルの様に、平民でも魔法を使える程の魔力をを持つ人間も居るが、元を辿れば、これら平民も何処かで貴族の血が入っていたりするので、魔法の素質は基本的に遺伝すると言われている。

なのでこの世界で力を持つ人間達は、第一に結婚相手を魔力量で選ぶと言われている。勿論、相手の顔立ちや立ちふるまい、知性の部分も重要な要素になるが、極論を言えば、膨大な魔力を持っていて、子作りが出来るのであれば貴族的な価値観だとそれで充分らしい。

そうやって血を洗練させていった貴族達は、才能ある平民が一代では覆せないほどの力を持つに至ったという。俺の隣で放心状態になっているキャミルが貴族に対して異常なほど畏まるのもこういう背景があるのだと思う。

カインリーゼ王国に所属する貴族は、大体１００家以上存在していると言われており、それに連なる騎士家は５００を超えるそうだ。

そして、その大半が男爵や子爵と言った下級貴族であり、膨大な魔力を持つ貴族であっても、爵位の高さによって魔法的素質に明確な差がある。

「クリスの父はカスティアーノ家に連なる家の出身なんだ。そしてクリスの父はカスティアーノ家当主と同じぐらい魔力量が豊富でね、そのまま王族に召し上げられ王家の人と結婚したんだよ」

なので、クリスは立場上、本流からは外れる傍系王族の王女様になるらしい。

「でもね、クリスは長い歴史の中でも珍しい、王族出身者の覚醒者でもあるんだ。その魔力量は歴代の王達も凌駕しているんだよ」

「覚醒者ですか……」

「君達平民にも居るでしょ？　血筋に関係なく膨大な魔力を持つ人間が……例えば――君みたいに」

その言葉を皮切りに、俺を見る圧が一気に重たくなった。

その理由は、先程から睨んでいるクリスに加えて、もう片方のレイも警戒した様子でこちらを見たからだろう。

「ゼイン教の連中は覚醒者達の事を、創造神から選ばれた神子と言うけど、実際はどうなんだろうってね……覚醒者と呼ばれる者達の殆どは、一般とはかけ離れた感性を持つから、今回無理を言ってクリスを君に会わせたかったんだ」

（そりゃ神子って大体が転生者や転移車の元は地球人だから、一般から感性が外れているのも納得だけど……）

今回、レイがクリスを連れてきたのは偶然ではなく必然だったと言う訳だ。血の影響を受けない覚醒者は、全員が漏れなく変人や奇人と呼ばれる類の人間が多いのだという。

それはそうだと、レイの話を聞いて思った。これまで集めた情報からしてこの世界へやって来た転生者や転移者は同じ地球人ではあるものの、全員が日本人だとは限らない。

もし、レイの言う覚醒者が本当に転生者や転移者だった場合、この応接室に居るクリス・イレイサ・カインリーゼも元は地球人だということになる。

（……覚醒者が一般で言う神子と同じなら、目の前に居る王女様は俺と同じ転生者か？）

もし、クリスが覚醒者や神子と呼ばれる存在が、転移者や転生者と呼ばれる者達のことを指していると前もって知っていたのならば、彼女はレイから俺の話を聞いた時点で、俺が元地球生まれの人間だということに気がついていたのかもしれない。

しかも、手土産として持ってきたフルーツタルトを見れば、その疑惑は確定するだろう。

であれば、ヒシヒシと感じる警戒感も納得出来た。

（……どうするんだ王女様？）

今回、レイが俺をこの場に呼んだ理由はまず間違い無く、この覚醒者について聞きたかったのだろうと、彼が話す話の端々から分かった。

だからといって、バカ正直に話すとなるのは難しい。これは俺だけの問題じゃ無く、同じ場に居る王女様も関係してくるからだった。

そして俺は平民であり、相手は貴族様だ。この場において黙秘するというのは難しい。なので俺は同郷の人間だと思われるクリス王女に視線を合わせた。

「……レイ、覚醒者だからといって特別な存在じゃない。ほら言われもない疑いを掛けられて彼も困っているじゃないか」

「……」

俺の救難信号を理解したのか、王女はふぅ、と軽く息を吐くと宥めるようにレイを諭し始めた。

「だけど」

「だからといって、君に何が影響するんだ？　覚醒者なんて数も少ないし、強くても精々子爵レベルだ」

まだ引き下がろうとしないレイに対して、クリス王女は毅然とした態度で言葉を強引に切る。

その言葉は、これ以上問いただすことを禁ずるという上位者の言葉だ。

その光景を見た俺は、毅然とした態度で接するクリス王女が、正しくこの国の頂点に立つに相応しい人物だと感じた。

　クリス王女がレイの言葉を強引に終わらせたことによって、場の雰囲気は少し気まずくなったものの、レイは素早く話題を切り替えたので、その後の話は無難に進んだ。

　その内容は、俺が当初予想していた通りに露店祭や今回持参したようなお菓子を定期的に仕入れたい……というもの。その見返りにレイ・カスティアーノは俺や旅団を支援するという話であり、この件に関してはリーダーである西王寺の採決待ちという形に落ち着いた。

　その際に驚いたのはレイの雰囲気だろうか。自分が一番聞きたかった話を上の存在から押さえつけられるというのは、貴族としてプライドが許さないだろう。

　しかもそれが12、13歳ぐらいの子供なら少しぐらい表情に出ても仕方の無い事だと思うが、本人はこれら表情をおくびにも出さない様子で綺麗に話題を変えて見せたのだ。

　流石、生まれながら貴族の人間だな、と俺は心のなかで感心していた。

　そんな形で、最大の危機を乗り越えた俺は、無難に話を纏めて今回はお開きとなった。

（……今後、レイとサシで会うと不味そうだな）

　レイが先んじて退室すると、その連れの人達も一斉に退室した。

　一方で使い物にならなかったキャミルは外で空気を吸ってくる、とか細い声で伝えると、そのままフラフラした様子で部屋を出ていった。

「……すまない、少し良いかな？」

「はい、私も王女様と少し話してみたかったもので」

そうして出来上がったのは、俺とクリス王女の２人だけの空間だった。彼女はレイと違い護衛を付けていない様なので、そのまますんなりと本題へ入ることが出来た。

「……その前に、君の前髪をこう、少し乱暴にかき上げて貰っていいかな？」

「？　……はい、いいですよ？」

西王寺以外で初めて出会った同郷の者、それも相手が王女様ともなればかなり緊張するが、そんな中で話し始めようとすると、先んじて口を出したのはクリス王女の方だった。

その言葉は何故か震えた様子だった。しかも内容が前髪を乱暴にかきあげて欲しいという、なんとも不思議なお願いに対して俺は疑問符を浮かべつつも、別に断る理由も無いのでリクエストされた通りに前髪を乱暴にかき上げる。

そうすると……。

「ゔあ゙あ゙あ゙あ゙あ゙ワ　ン　ス　テ　の　白　馬　ぐ　ん　だぁ゙がづごい゙い゙い゙い゙」

クリス王女は一瞬の膠着を見せた後、その凛とした見た目から想像出来ないような大変汚らしい叫び声が、２人だけしか居ない応接室に響き渡った。

第31話　王国最強のオタク女子

ISEKAI SHONIN

ワンステとは、俺が死んだ後の日本で流行った女性向けスマホゲーム『プロジェクト・ワンダーステージ』を略した言葉だそうだ。

ゲームの内容は、様々なタイプの美少年達を育成して日本のトップアイドルを目指すという物であり、クリス王女――もとい、前世では榊原結という名前の女性は、このワンステという作品の大ファンだそうで、前世では、私生活を切り詰めてまでこのワンステに貢いでグッズを買い漁ったり、ゲームに課金していた程だと言う。

……そして、俺はそのワンステに出てくるキャラクターの一人である白馬一星という男性にそっくりらしい。

「そっくりってもんじゃないよ！　生まれ変わりだよ生まれ変わり‼　元バスケ部だった白馬くんと同じぐらい身長高いし、その低めのバリトンボイスも瓜二つ‼」

キャアキャアと捲し立てるように耳を劈く声で熱く語る少女が、先程まで俺をずっと睨んでいたクール系美少女と同一人物だとは到底思えなかった。

クリス王女……この場では榊原と呼ぶが、この少女はワンステと呼ばれる作品の中でも、特にこの白馬一星が出てくるユニットの推しだったという。

「そ、そうなんだ……」

あまりもの熱量に思わず後ずさりしてしまうが、その距離が離れた分、榊原は距離を詰める。大きなソファーに隣り合わせに座り、ずいっと顔を突き出すように顔を近づけており、第三者から見れば逢瀬を楽しんでいるようにも見えるだろうが、真実は混乱状態の女性から強引に言い寄られているだけだ。

しかし相手はこの国で最も高貴な血を引く人間、ゴゴゴゴゴ……と榊原の背後から地鳴りのような圧が出ているのは、興奮状態で制御不能となった魔力が漏れ出ているからなのだろうか？

「こんな世界にいきなり来て大変だったけど、白馬きゅんに出会えただけでこの世界に飛ばされて良かった‼」

パッと見では、西王寺のようなクールな感じの見目麗しい少女なのに、現在進行系で進む彼女の言動から、俺は何故か酷く裏切られた気持ちになった。

ハァハァと頬を赤らめながら、両手をワキワキと気持ち悪く動かしている辺り、先程までこの部屋に居たレイやキャミルが見たらどう思うだろうか。

「ま、待て‼　俺はその白馬きゅんとやらじゃないし、第一、お前はこの国の王女様だろ。こんな場所で知らない男と同衾していたらマズイはずだ！！！」

「いえ、心配は要りません！　私はこの国の王女、そんな噂なんて軽く揉み消せますので！！！」

ガシリ！　と榊原に両手を捕まれて解こうとするも、掴まれた腕は一ミリたりとも動かない。握る力こそ弱いものの、腕を取り払おうとしてもビクとも動かない。榊原はその見た目に反する怪力でソファー上に俺を押さえつけていた。

「流石にシャレにならんぞ⁉」

幾ら相手が西王寺レベルに可愛いとは言え、こんな形で致すのは流石に御免蒙る。が、大声で助けを呼んでも反応は無い。

先程の彼女が発した汚らしい大声ですら反応が無かったので、この部屋はしっかりと防音が効いているようだった。


「前世含めて経験はありませんが、予習はバッチリです‼　さぁ、天井のシミを数えていれば終わりますので、無駄な抵抗をおやめください‼」

今までのやり取りで、榊原の興奮度合いも最高潮へと到達したようで、やんわりと押さえ付けられていた俺の両腕も頭上まで動かされ、上半身がガラ空きとなってしまう。

そんな細腕に何故そんなに力があるんだ！　と内心で愚痴りながら、ついには榊原にマウントポジションを取られ、あわや着ていた服を脱ぎ捨てられそうになった瞬間のことだった。

ガチャリ
「……」

「「あっ」」

俺の抵抗が功を奏したのか、外で息を吸っていたキャミルが戻り、閉ざされていた応接室の扉を開けて中へ入ってきた。

外で息を吸って少し落ち着いたようだったが、それでもキャミルはまだぼんやりとした様子だ。

そんな彼女が応接室に戻って最初に見た光景は、ソファーの上で王女様が平民である俺を上から押さえつけ、あろうことか事に及ぼうとしているという場面……立場は逆だろうが、第三者から見れば、まさに今、キャミルの目の前に広がる光景は、これからグフフな展開が起きそうな状況だった。

そんな光景を呆然と見ているキャミルを傍らに、俺と榊原はあっと我に返るように短く声を出した。

やばい、どうやって言い訳しよう、と互いの思いが一緒になった瞬間、キャミルは閉じていた口を開く。

「きゃうぅ」

俺と榊原が同時にキャミルを見たところで、状況が読み込めないキャミルはぐりんと目を上方へ向けて、可愛らしい声と共にバタリとその場で倒れてしまった。

今回連れてきたキャミルは、レイとの面会時こそ役には立たなかったが、俺のアスフィアル人生において、最大の危機を救ってくれた事で、彼女を半ば騙したように連れてきた自分の判断に感謝した。

（明日、ゆめ恋の4巻買ってくるか……）

気を失ってしまったキャミルの頭を膝に乗せ、サラサラな水色の髪を手櫛で解いていく。彼女の乱入がもし無ければ、今頃俺は対面のソファーで正座をしている少女に襲われていただろう。

「私としたことが……推しを目の前にして理性が蒸発するとは……なんということを」

手をワナワナと広げ、先程までやっていた行為を信じられない、といった様子で自問自答していた。

（理性が蒸発ってなんだよ……）

正気に戻った榊原は、相変わらずその氷のようなクールな見た目に反して、気の抜けたような喋り方をするものの、元々の彼女の素はコチラなのかもしれない。

「……榊原、お前って転生者なのか？　転移者なのか？」

勝手に自罰するのは構わないが、そうしている間にキャミルが目を覚ますかもしれないので、遠回りせずに聞きたかったことを回り道せずに直球聞いた。

「えーっと、私の場合は多分憑依？　ですね、私が大学二年生の頃、丁度昼休みの時間にいきなりこの世界へ飛ばされたんです。その後はこの身体の持ち主と意識が混ざりあって今の人格が形成されたって感じですね」

「憑依か、そのパターンは知らなかったな」

「少なくとも、私の周りに覚醒者は居ませんでしたので詳しくは分からないです。なんなら同郷の者と会ったのは初めてですし」

転生者や転移者はエラクトンの様なちょっとした規模の街に行けば、一人や二人ぐらいは住んでいると言われているが、普段生活していれば早々出会うことは無いレベルだ。

それこそ、冒険者とは無縁の生活をしていれば一生出会うことも無いだろう。

理由を更に加えるならば、榊原はこの国で最も高貴な血を引く王家の一員だ。

本流から外れるとは言え末端の貴族とは全然格が違う。これまで出会ってきた人間も限られていると思うので、人口が多い王都とはいえ、榊原がこれまで転生者や転移者と出会ったことが無いのは珍しいことでは無い。

俺も二十歳になって、初めて西王寺と出会ったぐらいだし。

「俺もこの世界で二十年近く生きているが、これまで同郷の人間と会ったのは殆ど無いな、同じ日本人……で限れば出会える確率はかなり低いと思う」

ここで榊原には西王寺の事は伏せておく事にした。話せば強力な味方になってくれる可能性もあるが、万が一の場合が考えられるので、ここは俺が知っている転生者関連について話す。

そして榊原からは、これまで彼女が経験してきた貴族社会について話を聞いた。

「いやぁ、異世界人って顔面戦闘力が高い人が多いから、どうしても緊張しちゃうんですよね。私はコミュ障って訳じゃ無いんですけど、イケメンばっかりに囲まれちゃうと、どうしても緊張しちゃって……妹達からは変人扱いされちゃいますし」

「……そうか」

えへへ、と相変わらず何処か気の抜けた様に話す榊原に合わせて相槌を打つ。コミュ障気味の人間が、他人を襲う一歩手前まで行くことは普通だと考えられないが、周囲から変人扱いされるという事は、転生者や転移者じゃ無く彼女独特な感性があるのかもしれない。

第32話 支援者

「……貴方、一体何をしたの？　王家とカスティアーノ侯爵家から私達を支援したい、という話がギルドの方から来たのだけど……」

レイ・カスティアーノとクリス・イレイサ・カインリーゼという王国でも頂点に位置する二人と面会するという特大イベントを終えた後は、比較的穏やかな日常が戻ってきていた中で、突如として西王寺に呼ばれた。

なんだ？　と思いながら、西王寺が居るチームハウスの執務室に出向いてみれば、執務室の奥に居た西王寺は若干疲れた表情を浮かべながら、手に持っていた書類を机に広げる。

西王寺が机に広げた書類は、この世界で重要な契約を行う際に使われる誓約の魔法が込められたもので、一般的に普及している紙と違って専用の特殊な紙であり、少なくとも一般人がおいそれと使うことが出来ないような大変高価な物からして、西王寺が差し出した書類はまず間違いなく旅団にとって重要な案件が書かれたものなのだろう。

西王寺と話をする前に、その書類に書かれていた内容を俺は軽く確認した。

「……まぁ、色々とあってな」

西王寺から渡された紙には、この王国の第二王女であるクリス・イレイサ・カインリーゼ……もとい、榊原の直筆サインとカスティアーノ侯爵家の嫡子、レイ・カスティアーノの直筆サインが書かれていた。

その書類の内容は、暁月の旅団の王都活動において様々な便宜を図るというもの。

簡単に言えば、旅団のスポンサーになりたいという要望書だった。

「今までと違ってこの王都で活動するには、少なからず何処かの陣営の影響下に入らないといけないわ。だから私はこの伝手を作るために今まで冒険者稼業を休止していた訳なんだけど……貴方のお陰でこれまでの計画が全てパーになったわ」

「……邪魔したか？」

西王寺は広げた書類とは別の、机の横に置かれていた大量の紙の束を数枚掴んで放り投げる。

そこには西王寺の文字と思われる文章がびっしりと書かれており、彼女がどれだけ苦労してきたのかが分かる。

そんな西王寺の表情は複雑な感情が入り混じった表情を浮かべており、何とも形容しがたいが一言で表すならば、大変な取り越し苦労をしたと言った感じだろうか？

「いいえ、寧ろ今回の案件は大変ありがたいわ。幾ら他の場所で名を上げても王都に来れば女ってだけで下に見られる事だってあるしね。実際に様々な商会や貴族に接触したけど、碌でもない人間しか居なかったのよ」

「そんなものか」

「所詮、男なんてそんなものよ」

西王寺の愚痴からして、内心ではかなりストレスを溜めているのを感じた。

西王寺が言うには、暁月の旅団のような中規模の冒険者チームがこの王都で仕事をする為には相応の実力に加えて、王都の有力者達の支援を受けなければ満足に活動が出来ないという。

それは物資の調達や、装備類を修理する王都の鍛冶職人を確保したりとその幅は多岐にわたる。

地方都市であれば、その都市を治める領主に話を通しておけば後はどうにでもなったそうだが、魑魅魍魎が跋扈する王都においてはそうもいかないらしい。

だからこそ西王寺は王都の有力者達に接触して、旅団の支援者となる商人や貴族を探していたそうだ。

「まるで一昔前の日本みたいだな」

「男尊女卑、という観点ではコチラの方が酷いわよ。特に平民で権力を持った王都の豪商とかはね」

西王寺が言うに、アスフィアルの世界では男が外に出て女は家を守るという思想が今も尚、そこら中に蔓延っているそうだ。

その傾向は、貴族よりも平民の方が強く、王都に到着してからこれまでの間に出会った人間の中には、女の冒険者チームというだけで軽んじられていたらしい。

「支援を受けたければ、私や団員を寄越せ……容姿には自信があったけど、こんな直接的なお誘いは初めてだわ」

「……随分とまぁ、恐れ知らずだな」

「本当よね、この私をここまでナメた真似をしたのはアイツが初めてよ？」

西王寺は、基本的にイケメンや美女が多いこの世界においても突出した容姿を誇っている。漆の様な艶やかな黒髪は、茶や赤茶色の髪をした人間が多いアスフィアルの世界では大変目に映え、エラクトンの街で黒姫と言われていたように、彼女は大変美しい女性だ。

俺は西王寺のことを赤の他人よりはずっと知っているため、俺の女になれ……などと口が裂けても言えないが、随分とまぁ恐れ知らずな商人が居たようだ。

あまりの失礼な対応に、その場に居合わせていた副団長であるラフィンが激昂してしまい、西王寺のセッティングした商談はその場で無くなったという。

ラフィンは男嫌い、と聞いているけどこれは男嫌いじゃなくても怒って当然だろう。

「ちなみに、その人の名前は？」

「バーン商会の会長よ。アレックス・バーン、中年太りの気持ち悪い男だわ」

「アレックス・バーン……貴族か？」

「いいえ、どうも金で困窮している騎士家を取り入って成り上がったらしいわね。本来は王都と地方都市を結ぶ輸送業をしているみたいよ」

名前に加えて家名もあるとすれば、もしや貴族かもしれないと思ったが、西王寺曰く、それは違うという。

バーン商会……俺はその名前を深く心に刻み込み、今後王都で活動する際に注意する商会として覚えた。

榊原とレイの実家である王家とカスティアーノ侯爵家が、西王寺率いる暁月の旅団を支援するという内容を正式に発表して以降、連日のように王都で商いを営む人達が旅団のチームハウスへ訪れてきていた。

それまで旅団の長である西王寺が直接相手方に出向いていたことを考えれば、今回の一件によって起きた影響は計り知れないものがあり、西王寺曰く、以前支援者になることを断った商会が態々アポイントを取りに来る程らしい。

「彼らからすれば、あのクリス王女との接点が凄く気になるらしいわね」

「王位継承権第三位だもんな」

榊原は、元々の非常に高い素質に加えて覚醒者としての能力ブーストがあり、この世界の身体的及び魔法的なスペックでは、高い実力を持つ西王寺すら軽く凌駕している。

その実力は傍系王族の第二王女でありながら高い王位継承権を持っている事から窺い知れる。どうもこの世界……というよりカインリーゼ王国では、魔力がある程度子供に遺伝するということもあって、血筋も重要だが、それ以上に当人の実力や魔力量の方が重視される傾向にあるみたいだ。

ただ悲しいことに、彼女は変人や奇人として王都中に知られており、王族でありながら彼女の派閥は思っていた以上に小さい。

それでも歴代の王達を凌駕する才能に加え、高い王位継承権もあれば、彼女の派閥に属していなくても気になる人間は多いのだろう。

「第二王女はかなり人付き合いが悪いと噂されているのに、よく気に入られたわね？」

「まぁ、俺は日本から菓子とか色々取り寄せられるからな」

「それもそうね」

俺の言葉に納得した様子で、西王寺はこの前より何倍も量が多くなった書類の山から紙を一枚取り出して、目を通す。

作業量は以前よりも増えているはずだが、その表情は何処か軽やかだ。

「で、この前言っていた商会はどうだった？」

この前言っていた商会とは、先日、ウチの団長と副団長を怒らせたバーン商会のことである。

「別に、あれ以降連絡も取ってないし、今後も取り合う気も無いわ」

俺の問いに対して、西王寺はキッパリとそう断言した。

そりゃ、自分も含めて仲間を売れなんて言われたら、西王寺が怒るのも無理は無い。

寧ろ、冒険者チームとしては単独でも活動していけるレベルの力を持っている……これは、俺も旅団の会計事務の仕事も一部やっているので財務状況はそれなりに把握しているからだ。

「この旅団に大金は要らないの、必要なのは装備を修繕してくれる鍛冶師の確保と安定した物資の補給と社会的信用――――信用が無ければ商談すら出来ないからね」

「今回の件もあって、アイナが随分と商談を進めやすくなったって言ってたな」

旅団の物資状況を管理するアイナ曰く、今回の件があった以前と以降では商談の進み具合が全然違うのだという。

それこそ、定期的に仕入れなければいけない生活用品や食料等に対して、向こうから仕入れ枠を用意してくれるという特別待遇すらある。

「正直に言えば、卸売業者すら間に挟みたくないのだけど、そうしたら貴方やアイナの仕事量が尋常じゃない事になってしまうから、とりあえずは現状維持ね、出来れば来週には冒険者稼業も再開させたいと思っているわ」

卸売業者といえば、生産業者と小売業者の間に存在する業者のことだ。彼らは王都やその周辺の村に住む生産者である農家と契約を結んでおり、常日頃から大量の物資を王都に運び込んでは小売業者に卸している。

冒険者を統括するギルドも、モンスターの素材や薬草類を扱う卸売業者のような事業もやっており、冒険者はギルドに素材を納品する生産者のような存在だ。

冒険者ギルドの良いところは、冒険者として職業に就いていれば無条件で素材の売買といった取引に応じてくれるところである。

しかし、その手数料はかなり高いみたいだが。

なので、ある程度経験を積んだ冒険者は、今、西王寺が試しているように外部の人間と手を組んで入手した素材のやり取りを行っている。

その為に一部冒険者チームの中には、ギルドの高い手数料を嫌って専属の商人を雇い、直接取り引き出来る様にしている所もあるらしい。

基本的に商売は売るにしても買うにしても、それまでの過程に多くの商人が介していると利益が減ってしまうからだ。

そして俺の役割は、旅団の専属商人となってギルドを介さずに素材の売却や必要な物資の仕入れを行ったりすること。

今は旅団もまともに活動出来ていないので、本格的には始まっていないが追々そうなると思う。

「しかし、これ以上規模を大きくするなら人手が足りないぞ？」

所属する暁月の旅団は俺以外、ほぼ全員が根っからの冒険者だ。

冒険者の中には、一般人が行けない様な場所で希少な鉱石の採掘やダンジョンや魔素が充満している場所にしか群生しない薬草といった素材を採取をしたりする冒険者も存在するが、旅団のメンバーの殆どがモンスター討伐を専門とする冒険者チームになる。

勿論、素材を採取しない訳じゃ無いが、片手間でやるというレベルだ。

モンスターの素材は物にもよるが、普段の生活では到底得る事が出来ない程、非常に高値で売ることが出来る。それこそファンタジー世界お馴染みのドラゴン種の素材であれば、数年間を遊んで過ごせる程の大金を一度に得ることだって夢じゃない。

つまり、依頼の内容によっては、一度の働きによって莫大な金額が動くのだ。

しかしその分、発生する手数料は膨大な物になってしまうのだが……。

「人手が揃うまではギルドを通すしか無いでしょうね、アイナだって元は冒険者志望の子だし、人手が少ないからと言って裏方へ無理に回したくないわ」

西王寺の理想は、冒険によって得た素材を手数料の高いギルドへ通さずに、俺を介して王都の小売業者に売ることだ。

それに加え旅団で消費する物資をなるべく業者を介さずに安く仕入れる事。

勿論、これらの行為に対してギルドはいい顔をしないが、西王寺曰く、規模の大きいチームは普通にやっていることらしい。

ただし、そのレベルをやるには専属の商人（予定）である俺の経験は勿論、人手も全然足りていない。

なので、今は人手を集めつつ、俺が商人としての経験を積むこと……と結論が出て俺は執務室を後にした。

第34話 コペン商会

商売というのは、ただ商品を仕入れて高く売るだけで出来るような簡単なものでは無い。

ただ客として少量を買うならまだしも、商いをする為に大量に仕入れるとなれば、そこには金銭だけではなく、生産者や卸売業者との信頼関係が必要となってくる。

王都で行われる商売の多くは、この信頼関係によって成り立っており、いきなり外部から来た人間に対して限られたリソースを譲ってくれたりはしない。

そのリソースの大半は、長年に亘って取引している商人や親しい個人に対して優先される。

だからこそ西王寺はこの王都において、一から関係を築くのでは無く既に王都で商いをしている商会を取り込もうとしていた。

「……すげーな、貴族と王族の影響力って」

「なんか言った?」

俺のつぶやきに、隣りに座っていたアイナが反応する。

現在俺とアイナは、とある商会の応接室で待っており、特に喋ることも無いので気まずい雰囲気を過ごしていた。

目的は、旅団で消費する生活品に関する商談になる。

将来的にはこれら関連も自分がやることになるだろうが、今はその伝手も無ければ人手も無い。

少なくとも今は、外部の手を借りなければ旅団の運営すら難しい。

なので今回は旅団の長である西王寺と協議を重ねた結果、旅団にとって一番良いと思った商会へと訪れていた。

その商会の応接室は、この前のレイや榊原と面会した大鷲寮の応接室に比べたら少しグレードは下がるものの、それでも充分に豪華な場所だ。

流石王都の商人というべきか、エラクトンで商いをしている俺の知り合いとはレベルが違う。

今回の商談に用意された茶請けも、一般市民では手が届かないような類のものだ。

「いや、色々あってカスティアーノ家の嫡子と第二王女の知り合いになってさ……その影響力をしみじみと感じていた」

「……いったいどうやったら魔法貴族の一家の嫡子とこの国の王女様との関係が築けるのよ」

今回の商談は、日常的に消費する生活品の定期的な仕入れ枠の話を詰める為にやって来た訳なのだが、その大枠は旅団の長である西王寺が既に決めているので、後は細かな調整だけで終わるはず。

その為に、俺は事前に用意した暁月の旅団で必要な物資量を計算した表を持ってきてある。

この表に書かれている数字は表計算ソフトを使って算出したものなので、多分間違いは無いと思う。流石にコピー用紙を持ってくると不審がられるので、手書きで書き直しているのだが……。

その道のプロである晶さんや西王寺グループの経理関係の人にも手伝って貰ったので問題無いはずだ。

「恐ろしく正確な計算ね、流石、根っからの商人希望って感じ」

「別に俺が全部やったわけじゃ無いよ」

　本当は日本の自宅にあるパソコンが勝手に計算してくれているのだが、西王寺はまだしも異世界人であるアイナにパソコンの概念を伝えるのが難しいので、自分と違う人が計算してくれたことにしておく。

　正直言えば、表計算ソフトの使い方や設定も晶さんに一から全部教えて貰ったので、殆ど他人任せなんだけど……。


「は、はいっ！　指定された品物はこのコペン商会が承りました‼」

「では、このようにお願いします」

　ペコペコと、王都の商人にしてはやたら腰が低いコペン商会の会長、この世界では基本的に屋号を自分の名前にするので、会長の名前もコペンと言う。

　そして、その商会の長であるコペンは腰の低い人物ではあるのだが、その格好は王都に店を構える商人にしてはやたらと体つきがガッシリとしている。それこそ何かしらの力仕事を日常的にしていなければ出来ない様な体つきをしていたので、少し不思議に思った。

「コペン会長は冒険者か何かでもやられていたんですか？」

「はい、私は元々、冒険者の出身なのですが、妻の家が王都で古くから商人をしておりましたので、引退と同時にこの店を開いたのです」

「奥様の両親はどの様な商売を？」

「私と同じ日用品関係です。……まぁ、向こうは王都住民向けなので私と取り扱っている商品の種類は少し違いますが」

コペン商会は旅団のチームハウスからほど近い、南地区の大通りから少し離れた場所にある。

冒険者が集う南地区の一等地の殆どは、武器や防具の店だったり、ポーション類の店が多く立ち並ぶ中、日用品を扱うコペン商会は大通りの外れにあってもそれなりに店を訪れる客は多い。

しかし、コペン商会は南地区においては規模感的には中堅か少し下ぐらいの商会になる。

ただそれでも感じるのは、コペン会長自身の人の良さ、まだ二十歳前後の俺やまだ高校生ぐらいの年齢であるアイナに対しても腰が低く、その対応はとても良い。

元々、西王寺がバーン商会で不快な思いをしてから、店の格よりも評判や人柄を重視するように選んであるというのも関係していそうだ。

幾つもある自薦や他薦の中から選んだ結果がコペン商会な訳なのだが、噂通りの気の良い人だと感じた。

まぁ、陰謀の渦巻く王都であれば表と裏の顔を使い分けている可能性もあるのだが、少なくとも相手に対してそれらを違和感を感じさせない力量をちゃんと持っていると見て間違いないと思った。

第35話 新型ポーションの開発

「やっぱり常備用のポーションの維持費が高いな……」

某、窓ＯＳの会社が開発している表計算ソフトを使い、カチカチとマウスをクリックしたりキーボードを叩いて数字を入力したりしながら、旅団の経理関係を調べてみると、表計算ソフトが出力した結果の中で濃い赤文字で表示されている項目が幾つか見つかった。

今、使っている表計算ソフトでは、旅団の支出関係の数値が表示され、各項目の中で赤文字で濃く表示されているものは、出費が著しく大きい物になる。

元々、旅団に関係する事務関係の仕事は西王寺か補給係のアイナがやっていたのだが、その作業量は膨大であり、どちらも専門的な知識を持っているわけじゃない。

どんぶり勘定……というほど、西王寺もアイナもアバウトな管理はしていないが、文明の利器であるパソコンを使って計算してみれば、改善すべき問題が幾つも浮かび上がる。

そして、今回俺の目についたのが、旅団で使われるポーション関係の欄だった。

「アスフィアルの世界で広く使われているポーションは、その薬液が細胞膜を越えて浸透し、核を異常なまでに活発化させて細胞の増殖を促します。他にも薬液には欠損した部位を一時的に補う様な役割を果たすので傷の治りが異常に早いのです」

東京と千葉の境目付近に存在する西王寺グループの極秘の研究施設に俺は訪れていた。

一見すると何の変哲もない工場のようにも見えるのだが、その周囲には厳重な警備と監視カメラが設置されている。

某ステルスゲームに登場する伝説の傭兵であっても、おいそれと簡単には侵入できなさそうな厳重な警備が敷かれている西王寺グループの研究施設には、ほぼ住み込みに近い形でお抱えの研究員が働いていた。

「吉田さん……分かりやすく言うと、どういう原理なんですか？」

「ポーションの力で、人間本来が持つ自然治癒力を異常なまでに高めて傷を治す……って感じですかね？」

塵一つ無い清潔な研究施設には、俺が持ってきたアスフィアル世界の不思議物質を日夜研究する人達が集まっている。

その研究施設で薬草類の研究を任されている主任研究員の吉田さんは、今回俺が持ち込んだポーションを調べて、その結果を教えてくれた。

吉田さんは研究員らしく白衣を身にまとい、黒縁のメガネを掛けており、メガネで見え難いもののその顔にはハッキリとクマが出来ていた。

見るからに徹夜で調べてくれているみたいなのだが、その目は疲れているものの、強い意志を感じる。

そんな中、今回俺が持ち込んだ話に対しても吉田さんはちゃんと調べてくれたようで、机に置いてあったタブレット端末を手に持ち、その画面を俺に見せてくれる。

　そのタブレット端末の画面に表示されているのは、アメーバのような物体が何やら激しくうごめいており、吉田さんはタブレット端末を指で操作して動画をコマ送りに再生しながら、どの様な力でアスフィアル産のポーションが傷を治すのかを説明してくれる。

　吉田さん曰く、本来、人の細胞はここまで激しく活動することは無いらしい。

　ただ、俺には専門的な知識は無いので、捲し立てられる様に説明されてもその意味の半分も分からない。

「その力はやっぱり魔法ですか？」

「そうでしょうね、遺伝子情報を調べてみても、地球の植物と少し違いはあっても、人体に対して劇的に影響を与える程ではありません。そうなればやはり魔力、という未知のエネルギーが関係していると思われます」

　西王寺グループの極秘研究施設では、俺が持ち込んだ薬草や鉱石と言った不思議素材の研究も行われているのだが、一番力を入れて取り組んでいるのは魔力の観測だ。

　俺や西王寺は、視覚や触覚といった具合に魔力を感覚的に捉えることが出来るのだが、吉田さんを含めて晶さんや龍幻会長といった地球で生活している人達には魔力を感じることが出来ないし、それらを観測する為の機械が無い。

　なので、俺が精密検査をしてもただの一般人、としか結果が出ない。

勿論、俺が本気で走れば１００メートル走や砲丸投げ、幅跳びといった種目ですら人の枠を外れた結果が出るものの、その理由は不明となっている。

この不可思議な結果に対して、とりあえず魔法の素である魔素が何かしらの働きを行っている、という前提の下で今現在も研究が行われている。

そしてこの研究施設では、まず最初にこの未知なるエネルギーである魔力の観測をする為の機器の開発に一番力を入れているらしい。

「やっぱり、この世界で薬草を栽培しても異世界産の物と比べたら効果が低いですからね」

「それでもこの魔素の謎を解明して薬草の栽培を確立出来れば、確実にノーベル賞ものですよ。ただ現状だと大半は枯れてしまいますし、株分けも出来ませんので道のりは長いですが」

アスフィアルの世界でも、薬草は基本的に魔素が濃いダンジョンや人里離れた場所にしか群生しない。

その効果は、薬草が群生する環境の魔素が濃ければ濃いほど効果は上がる……と言われているので、やはり薬草が持つ力は魔力が関係している物だと思われる。

「ただ長期保存、と言う部分では期待出来ると思いますよ。ポーションを加熱殺菌しても効果は落ちませんし、真空状態であれば魔素と呼ばれる物質の放出が多少抑えられるという結果が出ていますので」

地球の方では、未だ魔力を観測する事は出来ないが、その性質を調べる方法は幾つも存在する。

「もし、薬草の内包する魔素量によって薬効が変化するといった因果関係があるのであれば、アスフィアル世界におけるポーションは約一週間で効果が半減し、そこからは緩やかに効果が減っていく様になります」

「では真空状態では？」

「密封する素材にもよりますが、市販の真空パックでも一ヶ月は持ちますよ、それに加えてサイズもコンパクトになりますし」

アスフィアル世界のポーションは、ゲームの世界でよく見られる丸底フラスコの様なガラス容器で保管されていることが多い。

これは、ガラス容器以外だと酸素が入ってしまったり、単純に容器がポーション液によって変形してしまったりするからだ。

他にもポーションは薬効の強さによって色が変わる特性も持ち合わせているので、透明なガラス容器だと判別し易いというのも大きかった。

ただその分、持ち運びには細心の注意が必要だし、ガラス容器だと破損し易く重量も嵩むという多くのデメリットも存在していた。

「とりあえず、市販の真空包装機で効果が望めるのなら試してみようと思います」

「こちらでも魔素の放出量を抑えられる素材を調べて見ましょう。そうすれば、より高い効果を望めるかもしれません」

吉田さんの提案もあり、俺はポーションの容器開発をすることにした。

第36話　定例会議

ISEKAI SHONIN

「次」

「王都周辺に存在する各ダンジョンの調査は終わりました。明後日には幾つかの班がダンジョンへ挑戦する予定です」

チームハウスの一角にある会議室、30人を超える団員達が全員収容出来る巨大な一室には、俺を含めた複数人の団員達が集まっていた。

西王寺の短い言葉に対して、資料を片手に起立して話し始めるのは、西王寺とは対象的な白い髪が特徴的な女性、副団長のラフィンだ。

今回、旅団の会議室で行われているのは、旅団に所属する冒険者パーティーのリーダーを務める団員達が集まって行われる定例会議、五人一組で組まれる旅団のパーティーにはそれぞれリーダーが存在しており、その全員が今回の会議に参加している。

（あれが副団長ね……）

男嫌い、とキャミル達から聞かされている旅団の副団長のラフィンは、毅然とした態度で手に持っている報告書を淡々とした様子で読み上げていく。

彼女は副団長と同時に、旅団でも高い実力者が揃うパーティーを率いており、ラフィン自体も旅団の中でも個人として高い実力を持っている。

最初は、男である俺に対して何かしらのアクションがあるかと身構えていたのだが、意外と何もしてこない。最初はいびられるぐらいの覚悟はしていたんだけど、彼女からは俺に対して嫌悪の感情もなければ、居ないものとして無視するわけでも無かった。

だからといって、大切な仲間、としても見られているとは思えない。

「次」

「はーい、次は魔法班ねぇ〜」

俺の思考を遮断するように、ラフィンの報告を聞いた西王寺は短い言葉で次の報告を促した。

そしてラフィンの次に起立したのは、ラフィンよりも一回り背の高い女性、各パーティーに居る魔法使いの団員達を取り仕切る同じ副団長のナナだった。

魔法班は旅団の中でも特殊な立ち位置のようで、冒険者というよりも研究者としての側面が強い班だと聞く。

そんな魔法班のリーダーである彼女は、以前、王都学区へ出向いた際にキャミルから話を聞いた宗教学校の出身であり、世間ではとても希少な神聖魔法と治癒魔法の両方を使える女神官だ。

その名声は団長である西王寺や同じ副団長であるラフィンをも超えるとも噂されており、肩書こそ副団長兼魔法班の班長という立ち位置ではあるものの、彼女の場合は一介の冒険者としての名の方が世間には広く知られている。

ひどく間延びした独特な喋り方と共に、ラフィンと同様に報告書を手にとって彼女は説明を始めていく。

「アレン君が旅団に加入してからぁ、男性冒険者からの問い合わせが、いーっぱい来ていまぁす。……ですがぁ、見込みのある人は居なかったのでぇ、全員採用を見送りましたぁ～」

「そう」

「はーい、ですがぁ……私から一人、団長へ推薦したい子が居ます～」

ナナはそう言うと、後ろに座っていた班のメンバーに指示を出して追加の報告書を渡していく。

そこに書かれていたのは、ナナが推薦したい人物のプロフィールだった。

「この子は？」

「ピアナ・イーシャンという騎士の家系の子ですねぇ。高い治癒魔法適性を持っているのでぇ、半年もあればモノになると思いますぅ」

「……二人目の治癒魔法使いか」

ナナの言葉に対して、呟くように会議室に居る誰かが喋った。

「確かにピアナという子が治癒魔法使いになってくれれば、旅団としてもかなり戦力向上が見込めるわ……けど、大丈夫なの？」

西王寺にしては抽象的な問いに対して、ナナはうっすらと笑みを浮かべながら答える。

「えぇ、ピアナちゃんは素質はありますけどぉ、それに気がついている人は私以外居ませんのでぇ……囲うなら今だと思います～」

ここら辺の良し悪しは、現役の治癒魔法使いであるナナにしか分からない部分があるのかもしれない。

囲う、その意味が具体的に何を指すのかは不明だが、そのままの意味を汲み取るのなら、彼女が言っているのは、青田買いのように将来有望な人材を早めに確保しておこう、ということなのだろう。

「貴方が言うのであればそうなのでしょう……条件は貴方と同程度でいいわ、纏めなさい」

「了解しましたぁ♪」

西王寺の言葉に対して、ナナはニッコリと笑みを浮かべると満足そうに席に座る。

暁月の旅団は、団に所属すると一定数の上納金が課せられる。

上納金、と聞くと厳しいイメージがありそうだが、旅団の場合だと決してそんなことは無く、基本的にはクエストの報酬金やアイテムの売却金から一定額引かれるというものだ。

この上納金は団員にそれぞれによって変わっており、一般的には魔法使いの団員はこの上納金の負担が少なく、条件面で優遇されている事が多い。

これは、単純に魔法使いが希少かつ有用であるからだ。なので古参のリュカやラズリよりも、比較的入団が遅かったキャミルの方が契約面では良かったりする。

勿論、この契約には本人の実力によって左右されるので全員が一緒という訳では無い。

ちなみに俺は商人として雇われているので、逆に旅団から給金が出る。その額は王都商人としてみれば少ないものの、見習い商人と考えれば破格の額だ。

ただ俺が冒険に出る場合は、旅団に所属する一般団員としての契約になっているので、クエストの報酬とかは一定額が差し引かれる。

　そして一番優遇されているのは、団長の西王寺でも無く、副団長のラフィンでも無く、希少な治癒魔法と神聖魔法を使う事が出来るナナだったりする。

　これはひとえに彼女が一般の魔法使いよりも、更に希少な神聖魔法と治癒魔法の使い手だからであり、正直言えば、彼女が移籍しますと言えば旅団以上の好条件を出すチームは他にも沢山あるだろうと言われているぐらいだ。

　だからこそ、将来的に治癒魔法使いになれる可能性の高いピアナに対して、好条件を出すと西王寺が言っても誰も文句は言わない。

　寧ろ、彼女の存在が公に知られたら、西王寺が提示した条件よりも更に好条件を出すチームは幾らでもあるからだ。

「次」

「はいっ！」

　ナナが着席したのを見計らって、議長を務める西王寺が次の報告を促した。

　そして呼ばれたのは、俺の隣に座っている旅団の補給班の班長を務めるアイナだ。班長、といっても俺が来るまではたった一人だったので、定例会議に出るのも初めてだという。そのせいなのか、彼女は何処か緊張した表情を浮かべていた。

「さ、昨日の一件もあり、旅団の物資関係の商談は全て滞りなく纏まりました。鍛冶師の確保も終わっています」

「そう、他には？」

「ほ、他には……」

まさか西王寺から続きを促されるとは思いもしなかったのであろう、アイナは何処か言葉に詰まった様に資料を流し見て、まだ報告していない部分を探している。

「……一つ、報告があります」

「何？　アレン」

団員達の仲は、全員が家族とまでは言わないが、他のチームと比べて比較的仲が良い。

勿論、大勢の人間が集まるので多少の不仲はあれど、その場が険悪になるほどでは内。

なので、アイナが緊張のせいで多少の会議が滞っても誰も不快に思わないのだが、緊張と焦りに寄ってオロオロと狼狽えるアイナが可哀想だったので、俺は手を上げて追加の報告をすることにした。

「旅団で使われているポーション関係で、少しご報告があります」

俺は事前に用意していた資料を各リーダーに配るのと一緒に、日本で作った新型ポーションを用意した。

「……これは？」

「自分の伝手で製作した新型のポーションです。詳しい内容は資料に目を通してください」

まだ面識のあまり内リーダー格の団員が一人、渡されたポーションパックを見て聞いてきた。

「……なるほど、これは」

元々、日本で生活をしていた西王寺は渡された新型ポーションをひと目で分かったようだ。

白色の半透明のパックには、ポーションの特有のドロっとした青汁のような鮮やかな緑色の液体が入っている。

「これは新型のポーション容器です。見た目からしてまず従来のガラス容器に比べて耐久性に優れており、重さも嵩張りません。そして注目すべきはその使用可能期間です」

次のページを、と促したところで会議室に居たメンバー全員が一斉に次の資料へと捲った。

「……ポーションが一ヶ月も？」

「出鱈目すぎるよ、これほど長持ちするという証拠が無い」

従来のポーションが大体一週間しか保たなかった事を考えると、資料に書かれている内容は目を疑うものだったのだろう。

「静かにしなさい」

会議室が一気に騒がしくなると同時に、パン！　と西王寺が手を叩いた。

「疑うのは分かるわ……でも、一ヶ月後には判明するような嘘を吐くかしら？」

「それは……」

「ならば、これから一ヶ月間は従来のポーションとアレンが用意した新型ポーションを併用して持ち運びなさい。そうすれば自ずと結果も出るでしょう？」

会議室が紛糾しかけたところで、それまで短く答えていた西王寺が強引に纏めるように話す。

冒険者にとって、ポーションとは唯一の回復手段と言ってもいい、ナナのように治癒魔法で傷を癒やす事が出来る者も存在するが、冒険者の大半は怪我を負った際にはポーションを使う。

だからこそ、普段から一定数のポーションを常備しているし、扱いも繊細になる。

そんな中で、よく知らない人間が新型のポーションを開発しました。今度からはこれを使ってくださいと言って、直ぐに切り替えるのは心情的には難しい。

なので西王寺は、少し無駄は増えるものの、従来のポーションと新型のポーションを併用するように……と指示を出した。

それによって各リーダー達の反発は最小限に抑えられ、俺が提案した新型ポーションは部分的に採用されることになった。

第37話　魔法薔薇〈マジックローズ〉

ISEKAI SHONIN

ポーションは、ダンジョンに群生する一部の植物を煎じて作られるアスフィアル世界における万能薬だ。

その主な効果は傷の修復であり、損傷した部位が皮膚であっても筋組織であっても、内臓であっても等しく修復してくれる。

だからこそ、危険と隣り合わせの職業である冒険者にとっては、このポーションの残数によって難攻不落のダンジョンへ進むか退くかの判断材料の一つになったりと、その役割は非常に大きい。

王国中の冒険者を束ねるギルドも、基本的に冒険者は3つ以上のポーションを常備することを推奨しており、冒険者も己の命にかかわることなので、よほど貧乏でなければ新人であってもベテランであってもポーションは常に必ず持ち合わせている。

「紫三等級のポーション……どこで手に入れたんですかこんなブツ」

「少し実験をしたら出来たんだよ……」

そんなポーションには等級が存在し、その等級に応じて使用者に与える効能が変わってくる。

アスフィアルの世界では、赤＜紫＜青＜緑の順で等級が分けられており、等級の中でも更に細かく1〜3の数字が割り振られている。

例えば今、俺とアイナの目の前にある紫三等級のポーションは、赤一等級を最上位とすれば、上から六番目の等級になる。

各色３つの等級に分かれるので４色×３つの等級の計算で合計12段階に分けられるのだが、ただ等級が一つ違うだけでも値段はかなり変わってくる。

例えば一番下の等級、緑三等級のポーションは、新緑と言えるような鮮やかな緑色をしている。このポーションは主にひびやあかぎれ、軽度の痣といった比較的軽い傷を治してくれる。

値段にすれば、日本円に換算すると大体一本５００円程度……ちょっとした知識は必要だが器材があれば素人でも作れるような手頃なポーションになる。

では逆に、今回作ってしまった紫三等級ポーションはどれぐらいの値段なのか？　といえば、一本当たり、１００万円程度はする。

人類が開発出来る最上位のポーションが紫一等級のポーションだと言われており、それ以上のポーションの製造方法は既に失伝したと言われている。

なので、現段階では紫ポーションが市場に出回る最上位のポーションであり、その効果は他のポーション同様に一週間程度で半減するものの、市場で売りに出されれば瞬く間に買われていく代物だ。

「実験したらって……」

「それなりに成功の見込みはあったけど、まさかここまで良い結果が出るとは思わなかった……」

今回、日本で日夜研究を行っている西王寺グループ管轄の研究所の人達の要請もあって、俺が個人的に栽培していた特別な薔薇を加工して成分を抽出してみた所、この世界で希少な価値を持つ物へと生まれ変わっていた。

魔法薔薇《マジックローズ》、そう命名したラメがかったキラキラとした光沢を持つ美しい青紫の薔薇、この植物が今回の紫等級ポーションを生み出した張本人だった。

「薔薇、ですか？」

「はい、新条さんが提供してくれた薬草の中で、薔薇に近い植物ほど多くの魔素を取り込めているのが統計で確認出来ました……なので、研究所で用意した薔薇を異世界で栽培して貰えたらなと思いまして」

俺の前世の名字で呼ぶ人物は、吉田さんと同様に西王寺グループの極秘施設でファンタジーの物質を日夜研究している人達の一人の塚本という女性研究員だ。

塚本さんは、40代半ばの吉田さんと違い、一昨年大学院を出たばかりの若手研究員の人だ。明るめの茶色みがかった長い髪を紐で軽く纏めて、吉田さんと同じく白衣を身に纏う姿は何処か様になっており、月9ドラマとかに出てきそうだ。

「薔薇ですか……えぇ、大丈夫ですよ」

それまでの間に、西王寺グループの研究施設では植物に対して定期的に魔法を浴びせるとその植物はポーションの原料となる薬草に似た効果を帯びる事を確認していた。

　だがしかし、魔素を帯びたからと言って全ての魔素を帯びた植物がポーションの様な働きをする訳では無く、中には人体に有害となる毒性を示した物があったりと、その効果は植物によって様々だった。

　西王寺グループのファンタジー素材を研究する極秘施設……つい最近、別の名目で会社を立ち上げられた名前だと『Ｌｅａｆ』という名の研究施設では、魔力観測機の開発と並行して、より魔素を保有出来る植物の研究も行われていた。

　その実験の偶然の産物として、今回のポーションは出来上がった。

　改めて言うが、紫ポーションは中々市場に出回らない希少なポーションだ。今でこそギルドの制定によって価格は決まっているものの、もし価格制定が無ければその価格は桁違いに跳ね上がる。

　……実際に王都の何処かにあるとされる王都闇市では紫三等級ポーションは一つ５００万を超える……などと噂されている。

　その効果は両手足の指を再生する……というもので、これが二等級であれば腕や脚を再生し、一等級では眼、喉、肺、胃、腸、生殖器といった部位を再生することが出来るそうだ。

　御伽噺レベルになってくる赤ポーションであれば、脳や心臓すらも再生出来、その一等級ともなれば死者を蘇生することすら可能だと言われているが、これは根拠のない眉唾ものだ。

　今回出来上がった紫三等級ポーションは、この世界において一つ５００万と割高であるが、元は市販品の苗から育てた薔薇に、定期的に強烈な魔力を浴びせるだけである。

まぁ、この強烈な魔力が重要なのだろうが、時間はかかるが元手はそこまで必要としない。

今回育てたのは、既に蕾状態の苗からだったので、一から育てればより良い結果が生み出せそうなくらいだった。

「メイさんも驚いていたよ、初めて紫ポーションを作ったって」

俺が持ってきた紫ポーションを見ながら、アイナはこのポーションの製作者である団員について語る。

メイは、ナナと違ったタイプのおっとりとした少しぽっちゃり目な体型をしたメイス使いの女性だ。

メイはこの団でもかなりの古参で、リュカやラズリよりも先輩に当たる。年齢は既に二十代後半であり、若い女性が多い旅団で最年長の女性だ。

「想定としては青ポーションぐらいだったんだけど、良い意味で予想を裏切られたな」

「いや、普通は青ポーション程度の薬草を人工栽培することすら無理だよ？」

薔薇を栽培するに当たり、必要な土地や経費を落とすために西王寺とアイナには話を通してある。

薔薇を育てている場所は一階ロビーの空き部屋だが、一応他の団員に見られたくないので普段は鍵を掛けてある開かずの間だ。

「これ、他にバレたら絶対良くないよ？　狙われちゃうかもね、アンタ」

「……だよな」

一個のポーションを作るのに、魔法薔薇《マジックローズ》を約10本ほど消費したが、それでも一階ロビーにある栽培施設にはまだ40本程の魔法薔薇《マジックローズ》が残っている。

既に出来上がったポーションを西王寺に渡したとしても、あと４本程度は紫ポーションを作れるわけで……闇市場に流せば一本当たり５００万と考え、その全部を流したとしたら売上は単純計算で２５００万となる。

万が一にも、この魔法薔薇《マジックローズ》が人工栽培出来る代物だと分かれば当事者である俺だけでなく、この情報を知っているアイナや西王寺といった面々も他から狙われる可能性がある。これらを鑑みると流石に俺とアイナの手では余る案件なので、魔法薔薇《マジックローズ》の処遇を旅団の長である西王寺に伺う事にした。

「……良い意味でぶっ飛んでるわね、貴方」

ゴトン、と西王寺の目の前にあるテーブルに若干青みがかった紫色のポーションを置く。

闇市に流せば一本数百万もする大変価値のあるものではあるが、一度使ってしまえば無くなってしまう消耗品だ。

長年愛用することが出来る武器や防具と違い、ポーションは使っても使わなくても、半月という使用期限が存在し、その期限はこの瞬間にも刻一刻と短くなっている。

だからこそ俺は、このまま出来上がった紫ポーションを無駄にするのもどうかと思い、西王寺に尋ねることにした。

「言っておくけど、コレはおいそれと闇市とかには流せないわよ？　確実に騒ぎになるわ」

「だからといって無駄にするのも良くないだろう、ギルドの方でもいいから売るのはどうだ？」

言葉の都合上、闇市と言っているが王国の法律上ではギルドを介さずに売っても問題は無い。

王国としては、そこから発生する税金さえ払ってくれればよしとしているので、この紫ポーションを闇市に流すことによって機嫌を悪くするのは冒険者ギルドになってくる。

ただ暁月の旅団は今後ギルドと仲良くしていく方針なので、ギルドが嫌がる闇市への参加はあまり宜しくない行為だ。

「逆よ、これだけの代物をギルドに流すのは対外の評判がよろしくないわ、しかもギルドだってコレを売ったところで恩を受けたとは思わないでしょう」

キン、と西王寺はポーション液が入っているガラス瓶を指先で弾く。

「対外の評判か？」

「えぇ、コレだけの代物を闇市に流せないということは、暗に交渉が下手……と捉えられるわ、その影響を受けるのは貴方よ？」

王都の闇市では、ギルドや王国が決めた価格よりも何倍も高い価格で売買が行われる。

だがそこでは謀略渦巻く商談が日夜行われている。

国やギルドが介さない為、ぼったくられても買い叩かれても、挙句の果てにはその品物が詐欺であったとしても罪には問われないし、問うことも出来ない。

まさに無秩序な世界が広がっており、闇市に精通していなければ不利益を被る可能性すらあった。

「それは……困るな」

「ギルドを介さなければまともに売ることも出来ない人間だと王都では思われるわ。それは同業者だけでなくて、売る相手であるギルド職員だって内心そう思うはずよ？」

ではギルドに売った場合はどうなるのか？　と聞かれれば、これはギルドが制定した価格表通りに売買が行われる。

これは物品の状態によって上下するが、闇市ほど法外ないちゃもんは付けられないし、比較的安心して売ることが出来る。

　だが、それは王都に住む商人や冒険者からしてみれば逃げだと評価されるらしい。ギルドで売らなければまともに稼げない様な口下手な人間だと思われるそうだ。

　将来的には商人になりたい俺にとって、その様な評価をされるのはかなり困る。一見すれば違法性の無い誠実な商人……というのも悪くないだろうが、この手の界隈では正直者が馬鹿を見る事になる可能性が非常に高い。

「でしょう？　だからといって、数百万の価値がある物をただ無駄にするのは更に馬鹿な人間がすることよ……丁度いいわ、社会見学も兼ねて闇市に行ってみなさいよ」

「だが……」

「別にチームの名前を伏せなくていいわ。こんな事で迷惑だなんて思っていたら活動出来ないわよ？」

　俺の内心を知っているのか、西王寺は先んじて釘を刺してきた。

　……西王寺、お前本当に女子高生だよな？

　社会経験で言えば俺の方があると思う……ただまぁ、国有数の大企業だとかそんなんじゃないが、相手は異世界転移さえ無ければ女子高生だ。

　これが日本を背負って立つ大企業の娘か……そんな事を内心で思いながら俺は西王寺から命令を受ける。

「あ、それとこの件は他団員には内緒ね？　あとアイナも同行するように」

「えーー⁉　私もですかぁ⁉⁉」

西王寺が締めの言葉を言った後に、俺の隣りに座っていたアイナにも同行するように言い渡した。

その言葉を聞いて、何処か他人事のように話を聞いていたアイナは目をまん丸にして驚いているのであった。

「当たり前でしょ、貴方は兼任とはいえウチの団の補給係……上手く売れば５００万相当の商談をするのよ？　責任者の貴方が不在でどうするのよ」

驚いているアイナに対して、当然のように話す西王寺の表情に対して、俺はさもありなんといった感じで見ていた。


……あ、西王寺にあと残り五本分のポーションをどうするか聞くの忘れた。


（……これが５００万になるとはなぁ）

チームハウスの俺の自室は、基本的に日本とアスフィアルを行き来するための場所として活用しているので部屋には何もなく、まるでミニマリストのような必要最低限の家具しか無い殺風景となっている。

そんな自室の一角には、初期から備え付けられていた机があり、その机の上に細々とした実験道具が設置されており、コポコポとアルコールランプから出る火に熱されて沸騰するポーションがまるで理科の実験の様な光景に見える。これら道具は一見すれば、まるで中学の理科の授業で行われる実験風景を思い出すが、やっていることにそう大差はない。

何故、俺がポーション作りをしているかといえば、単純にこれ以上、魔法薔薇《マジックローズ》の存在をバラす訳にはいかないからだ。

魔法薔薇《マジックローズ》の存在を知っているのは、旅団の長である西王寺と俺の直接的な上司に当たるアイナだけである。

ポーションを作ったメイには魔法薔薇《マジックローズ》が完全人工で作られた薬草だということは伝えていないので、紫ポーションの存在を知っていても全貌までは知らない。

一方、魔法薔薇《マジックローズ》を生み出すきっかけとなった塚本さんにも伝えていない、これは西王寺から直接報告しないようにと止められているからだ。

そういう状況からして、正式なポーション製作者であるメイに対してもう一度紫ポーションを作って欲しい……なんて頼める訳もなく、メリットとデメリットを考えた結果、自作することになった。

（全部ぶち込んじゃったけど、大丈夫か？）

器材自体は日本で揃えているのだが纏めて作ろうと思い、残りの魔法薔薇《マジックローズ》50本を纏めて抽出機の中にぶち込んだ。

市販のハンドプレス機でポーション原液を搾り取り、熱したり、原液を濾したりして純度を高めていく。

そして色々と弄っていたら……。

「……ん？　赤？」

魔法薔薇《マジックローズ》50本を一気にぶち込み、出来上がったのはたった数滴という極限まで濃縮されたポーション液。

最初は失敗かとも思ったが、液体に触れようとするとヒリつくような空気を感じる。

流石に魔法薔薇《マジックローズ》50本を使っただけあって、抽出された液体はかなりの魔素が込められているようだった。

その数滴の液体は、紫を通り越して黒に近い濃い色をしている。

ただ少し気になったので、抽出した液体をプレパラートに載せてライトの光に当てると、その液体は若干の赤みを帯びているような気がした……。

第39話　神の血〈イコル〉

アスフィアル世界における最上位のポーションは、まるで血の様な鮮やかな赤色をしたポーション液だと言われている。

この色をしたポーションは、今の時代のアスフィアル世界でも再現が不可能なオーパーツとして知られており、眉唾物の噂ではあるが、この赤ポーションの最上級品はこの国の頂点であるカインリーゼ王家が代々受け継いでいるとも言われている。

半ば伝説として語り継がれる赤色のポーションは、その絶大な効果や色合いからして別名『神の血《イコル》』と呼ばれており、他のポーションと違って経年劣化はせず、長い年月が経ったとしても使うことが出来ると言われている。

この赤ポーションは昔は数年に一度、未だ踏破されていないような高難易度のダンジョンの奥地で極稀に発見されることがあり、その神話さながらの効果も相まって、この赤ポーションを目当てに冒険者を志す者も居るほどだ。

その効果は〝真なる蘇生《リザレクション》〟。

他にも不老不死になるとも言われているが、ダンジョンで発見されるポーションの多くは赤ポーションでも2～3等級と言われる。これらの事からして、殆どダンジョンで見つかる赤ポーションは最上位の中でも中位と下位の準最高級のポーションが多いので、伝説として語り継がれる死者の蘇生や不老不死の効果は発揮しない。

だがしかしその効果は絶大で、治癒魔法でも治しきれないような大怪我すらも一瞬にして修復すると言われている。

……まぁ、治癒魔法でも助からないような大怪我をした時点で大体はポーションを使う暇もなく死ぬだろうが。

そして赤ポーションと、その次の位階に存在する紫ポーションの違いは色以外にも明確にある。

それは若返りの効果。

小瓶一つ分だけで、実の年齢から5歳は若返ると言われており、俺がこの世界で生まれる前のアスフィアル世界では時の権力者達が挙って古代ダンジョンを捜索して、この赤ポーションを探していたそうだ。

この赤ポーションを占有し、全てを自分に対して使用したその時代の権力者の一人は、１５０歳ぐらいまで生きたと当時の様子が記された資料に書かれている。

まさに伝説のアイテム、若返りや長寿という効果は権力者達が欲望の果てにたどり着くものだ。

「……いや、そんな訳ないよな？」

今回、俺が残りの魔法薔薇《マジックローズ》を全てぶち込み、色々と模索して出来上がったのは、決して赤色とは言えないような真っ黒とした液体。

光をかざせば、なんとなく赤にも紫にも見える微妙なものだ。

少なくとも、他の人間が見てもコレを赤ポーションとは呼ばないだろう。

「でもこの力……明らかに紫とも違うしなぁ」

触ろうとするだけで指先がヒリつくような感覚がある。近しいイメージで言えば、高濃度のアルコールが素肌に付着した際に発生する気化熱のスースーとした独特な感覚だろうか？

「蒸発もしないし、よく分からんな」

今回、50本の魔法薔薇《マジックローズ》から抽出出来たのはたったの数滴分だ。本当であれば合計で1リットル分の紫ポーションが抽出出来るハズだったのだが、何やら得体の知れない物が取り出せてしまった。


少なくとも、おいそれと他人には言えないブツなのは分かる。

プレパラートに付着した赤紫ポーション（仮）をスポイトで吸い取って小さな容器に保管する。

ポーションを作る際に、何気無しに用意した理科の実験セットが役立つとは思いもしなかった。

「しっかし、何処に隠すかな……」

こんな物騒な物、アスフィアルや地球に隠すと誰かに見つけられた際に大問題になりそうだ。

これがあの赤ポーションとは限らないが、少なくともメイが作った紫ポーションとは比較にならないナニカを感じる。

「未開の土地に埋めるか……」

幸いにも、俺は物を隠すことに適した力を持っている。

適当に文明が出来上がっていない世界を探して、この厄介なブツを埋めてしまおうと考えた。

文明が無い原始の世界であればそこのポーションの価値を知る者は居ないだろう、そう思い無作為に世界を選んでムーンゲートを開く。

白いモヤに閉ざされたムーンゲートの先には、赤褐色の大地だけが広がる世界があった。

自然どころか植物すら見当たらない不毛な土地、少なくとも人が生存出来るであろう環境を選んでゲートを開いている。

なのでムーンゲートの先に出ても呼吸することに問題は無い、多少肌寒く感じるが許容範囲内だ。

「……えぇ」

名も知らない世界に踏み入れると、身を突き刺すような冷風が全身を撫でる。

アスフィアルや地球と違い、今回やってきた場所はかなり過酷な環境だと分かった。

このまま地中に埋めて早く退散しよう……そう思い、ふと後ろを振り返ってみるとそこには天も貫く一本の巨大な柱が立っていた。

横殴りに輝く太陽の様な恒星の光に反射してキラキラと煌く巨大な柱は、この世界特有の謎現象など無く、確かな質量を持っていた。

「……軌道エレベーター」

黒にも近い上空、そこを貫く宙まで伸びる巨大な柱の先には、空を覆い尽くさんばかりの巨大な宇宙船が浮かんでいた。

「……帰ろう」

ここは少々マズイ場所だったらしい。

この後、なんとか文明が発達していないリアルジュラシックパークが広がる原始時代にも満たない世界を見つけたので、その特に目印もない場所に赤紫ポーション（仮）を隠すことにした。

……奇しくも、この２つの世界をまた訪れることになるとは、この時思いもしなかった。

第40話 王都闇市

ISEKAI SHONIN

王都闇市、と呼ばれる場所は様々な娯楽施設が多く建ち並ぶ王都の東地区に存在する。

東地区にはエラクトンの街と同様に娼館や賭場といった施設が存在し、それ以外に特徴的な物で言えば、地球上の歴史においてローマ帝が造ったといわれているコロッセオに似た闘技場も存在する。

常に騒がしい冒険者の南地区と違い、東地区もまた別の意味で騒がしい場所だった。

そんな東地区の一角に、王都闇市と呼ばれる場所が存在する。

「……寝不足？」

「あぁ、少し寝付けなくてな」

昨日、まさにＳＦの世界らしい圧倒的な光景を目撃したせいもあって、帰宅した後は中々に寝付けずに、少し意識がぼやける寝不足のまま俺は南地区と東地区の境目の通りまでやってきた。

そんな俺の状態を見て、隣を一緒に歩いていたアイナが心配してくれる。

「まさか、緊張して寝付けなかったとか言わないでしょうね？」

「違う、別件だ」

まだ日が昇って間もない早朝ではあるが、通りを歩く人達は多い。夜間の内に王都へ到着した商隊が開門と同時に一気に王都へ流入してくるためだ。

ただ王都住民向けの娯楽施設の多い東地区は、他の各地区と比べて随分と静かだ。眠気のせいで定まらない頭を無理に動かし、色々と観察しながら東地区へ入ると、路地には酔っ払って路上で眠っている者も居る。

「不気味だな」

「ふん、地方の都市によってはここよりも危険な場所はいっぱいあるよ。それこそ昼間であっても女一人で歩いては危険な所とかね」

エラクトンの街でも、肌がヒリつくような場所は存在する。周囲はジメッとしており、日中でも何処か薄暗く不気味な場所。

それらは貧民街と呼ばれ、明日の食料を買う金すらも怪しい者達が住み着く場所だ。

それは栄華を極める王都であっても変わらない……実際にアスフィアル世界よりも科学技術が進んでいる日本ですら、貧民街とは呼ばずとも似たような怪しい場所はあるので、どの世界どの時代であってもこの様な場所は存在するのだろう。

「闇市は東地区の中心部よ。早めに登録しておかないと夕方から販売出来ないかもしれないし、気にせず行きましょ」

「そうだな」

　王都闇市という名称から、市場で販売されている品物の中には、法律に触れるような違法品が沢山売られていそうな気がするが、実際はそんな禁制品や違法品が闇市に並ぶという事は無い。ただ単純に王国やギルドが管理する市場から外れた存在というだけで、闇市で売られている品々は健全なものばかりだ。

「凄い賑わいだな」

「これでも夕方からの販売登録をする人達ばかりよ。市場が開いたら、この倍は人が居るみたい」

　王都闇市は、以前俺が参加した露店祭を更に発展させたような装いをしている。大通りに並ぶのは石と木材で出来た立派な店じゃなくても、露店より何段階もグレードの上がった店舗が等間隔に並んでいる。

「フリーの売り場はまだ残っているみたいね」

「別に一等地じゃ無くてもいいからな、紫ポーションは」

　王都闇市の特徴的なシステムとして、これら露店よりもしっかりした店舗の中には日貸しする場所が幾つか存在することだ。

　割合で言えば闇市全体の６割ぐらいがこのフリーの店舗となっており、一日店を借りるという形で契約が出来る。

　それらは王都闇市を管理する運営の事務所で申請することが出来るのだが、実際のところは、客が多く訪れる一等地は既に予約で埋まっているようだった。

「はいこれ、ポーションの鑑定書」

「ポーションの横に立て掛けとくか、ただ盗みには気をつけないとな」

露店祭と違い、借りた店には既に設備が用意されているので、俺とアイナがやる仕事はたった1つのポーションを商品の棚に置くだけである。

人によっては自作の看板を設置したり、見栄えをよくするために簡単な装飾を施したりするところも多いが、俺とアイナはただシンプルにポーションだけを設置して横にギルドから発行して貰ったポーションの鑑定書を置くだけだ。

どうせ売れればそのまま店を畳むことになるので、手の込んだ装飾は要らないだろうという判断だった。

そんなこんなで準備が終わったのは午後の三時ぐらいだ。もうそろそろ闇市が開催される時間帯であり、闇市で掘り出し物を探すべく、会場の外には多くの人々が待っていた。

「やけに多いな」

「さぁね、何処かの商人が珍しい商品でも仕入れたんじゃない？」

そろそろ開始の合図が始まろうとする中で、俺とアイナは暇を持て余していた。

周囲の店ではギリギリまで商品を並べて準備をしていたり、値段設定で悩んでいたりするものの、今回の俺達の売り物はポーション一つなので悩みようが無い。

逆に気になるのは闇市会場の周辺で待機している人の多さ、入り口には既に人の壁が出来上がらんばかりに集まっており、周囲ではちょっとした暴動すら起きている。

何をそこまで急ぐのだろうか？

その様子に疑問を浮かべながら、椅子に座り開催の合図を待っていた。

第41話 アイナの鉄拳

ISEKAI SHONIN

王都闇市は東地区に延びる道幅の広い道路に囲われた巨大な空き地に存在する。

大きさで言えば、ちょっと大きな森林公園ぐらいの場所に、所狭しと並ぶ店の中に眠るお宝を探して、王国各地から王都闇市へ多くの人間が集う。

「凄い熱気だな」

「流石王都って感じね、店が一箇所に集まっている分、騒がしさだけならこの前の露店祭以上じゃない？」

俺とアイナが店を借りた場所は、良くも悪くも無い中途半端な場所になる。一番人の目に留まりやすい東西南北の入り口付近や目玉商品が集まる中央売り場と違って、どっちつかずの中途半端な立地だ。

方角で言えば北東寄りだろうか、王都闇市はまだ始まって間もないのであれほど会場の外で集まっていた客はまだやって来ていないものの、遠くからは地鳴りの様な音が聞こえてくる。

「あっ、そうよ……今日の闇市がやけに騒がしい理由を思い出した」

まだまだ客は来ないな、と向かい側の店をボーっと観察していたら、横に座っていたアイナがポンと手を当ててこの騒ぎの理由を思い出したようだ。

「エルフが奴隷として入荷したって聞いたわよ。そのせいで今日は人が集まってるんだと思うわ」

「あー……なるほどね」

　エルフに奴隷、何ともファンタジー世界のお約束とも言える要素がこの闇市にやって来たらしい。

　というかこの国、奴隷制度あったんだ……と今更になって気が付いた。

「珍しいのか？」

「この国は他に比べたら、そこまで規模が大きくないからね」

「ふーん、エルフか……」

　日本人の感覚で言えば、長寿で男女ともに美形で弓の扱いが上手い……っていう感じだけど、この世界ではどうなんだろうか。

「……エルフは男女共に美形として有名よ。奴隷狩りのある国だと真っ先に狙われる対象ね」

「奴隷狩りって……」

「……先に言っておくけど、その奴隷を買ってチームハウスに持ってくるとかやめてよね」

「やるわけねーだろ」

　半目で睨んでくるアイナを一蹴するが、やはり元日本人としてエルフは気になるのも事実。

　もし、まだ売られていなかったら見に行こうかな……そんな事を考えながらアイナと他愛の無い雑談をしながら暇を潰した。

「おい、これ本物なんだろうな？」

「えぇ、ここにギルドの鑑定書もあるでしょう？」

「そんなもの幾らでも偽造出来るだろう？　こんな不確定な物、怖くて買えんわ」

闇市が始まってから数十分も経てば、続々と掘り出し物を探しに来た客達がやって来る。

以前、露店祭をやったときは最初の客がレイ・カスティアーノという事もあって、今回の闇市がある意味本当の商売とも言える。

「一本１３０万でどうだ？」

「それは青一等級ポーションの値段でしょう？　流石に無理ですよ」

この闇市へやって来る客の多くが、最初に商品にいちゃもんを付けて値段を下げようとする。

これは本物の紫ポーションなのか？　青ポーションの間違いじゃないのか？　など色々と問い詰めて、ギルドの適正価格よりも多少積んだお金で交渉してくる。

「……」

「おい、この男ばっかりに喋らしておいて、貴様はなんだ!?」

「……うるさいよ、買わないならどっか行きな」

店の前に立って販売しているポーションに対して、執拗にいちゃもんを付けてくるのは、やたらと恰幅のよい男、身なりからして王都か流れの商人だろうか？

既に太陽は隠れ、それなりに涼しいはずの闇市でダラダラと大量の汗を掻きながら声を荒らげて話すものの、こっちは一歩も譲る気は無い。

この手の男は見た目と雰囲気で脅す様に値切ってくるのもあって、心の中で反発心が生まれているのもあるが、単純にこれが青一等級ポーションだったとしても闇市価格とすれば１２０万は随分と安い。

「き、貴様‼」

俺が譲歩しないせいか、隣りに座っていたアイナをギロリと見て捲し立てるように話しかける。

俺からアイナに視線を動かす際に、ブルンと顎についた贅肉が揺れて汗が飛び散る。

うわぁ、と内心ではそろそろ辟易としていた頃合いだったが、俺が言葉を発する前に、隣に座っていたアイナの堪忍袋の緒が切れた。

「うっさいんだよ‼　買わねぇならさっさと店の前からどけっ‼　商売の邪魔だ！！！」

声を荒らげる姿に、両隣の店主が驚いてこちらを見るものの、直ぐに意思の外へと離した。

常に騒がしい闇市であれば、アイナの対応もそう珍しく無いのだろう。

「女如きがぁ‼」

アイナの怒声にビビるというよりは、若い女に怒鳴られてプライドが傷ついたようで、目の前に居た男は顔を真赤にしてより一層凄む。

（すげぇ、よくもまぁこんなに怒れるな）

ここまで男が執着するのも、今回持ってきたポーション及び鑑定書が本物だというのが分かるからなのだろう。

だとしても、キレて女性の胸ぐらを掴もうとするのはやり過ぎだ。俺はそう思いアイナに掴みかかろうとした腕を掴み防いだ。

「きさ！「やりすぎですよ、お客さん」」

言葉を被せるように、少し凄んで話す。流石に殴るのはマズイので圧だけで帰るよう指示を出そうとしたところだった。

「プギュッ‼」

俺が顔を近づけて凄もうとした瞬間、客の丸々と太った顔がペシャリと潰れるように、視界の外側から鉄拳が飛んできた。

アイナが繰り出した鉄拳の衝撃が、幾重もの肉の波を生み出して顔を伝う。汗を周囲に撒き散らしながら、その巨体は浮き上がって元いた場所から数メートル後ろまで吹っ飛んでいった。

ザワザワ

まるで力士のような立派な体格をした男が勢いよく吹き飛べば、幾ら喧騒が広がる闇市であっても大衆の目を集める。

ピクピクとその巨体を大の字にしている男に周囲の客はなんだなんだと集まって来た。

「……アイナ？」

「あっ」

地面に倒れて微かにピクピクと痙攣している男から、アイナの方へ視線を移せば、彼女はいかにもやってしまったと言う感じの表情を浮かべていた。

第42話 紫ポーションの価値

俺とアイナにとって不幸中の幸いだったのは、今日の王都闇市ではエルフの奴隷が出品されるということもあって、いつも以上に会場が騒がしかったこと。それによって警備の人達は忙しく、多少の乱闘騒ぎでも厳重注意で済んだことだっただろうか。

「……意外と短気だったんだな」

「……ゴメン」

まだ高校生ぐらいの少女が大男を腕一本で吹き飛ばす様は、周囲に居た人達の目を奪った。王都闇市は他に比べて荒っぽい輩が多いとはいえ、彼らから見てもアイナが殴り飛ばした相手の態度は目に余るものだったらしい。

だからこそ、アイナの暴力事件は拍手喝采の中で不問とされて、その場の空気感を見た警備兵もアイナに過失がそこまで無いと判断したようだ。

ただ一方で、加害者であるアイナは漫画で例えるなら、ズーンという落ち込んだ表現の効果音が付きそうな程落ち込んでいた。

彼女にとって、酷い相手だったとはいえ一般人に手を出したのはかなり堪えるようだった。

だからといって、おいそれと慰めることは出来ない。たしかにあの客は酷いものだったが身体能力に優れる冒険者が一般人に手を出すのは下手すれば重罪だ。

今回はただ運が良かっただけで、場合によっては犯罪者になっている可能性すらある。だからこそ俺は何も言わないようにした。

……まぁ、これらの注意は西王寺がするだろうから、俺が言う必要も無いというのもある。


そんなアイナの乱闘騒ぎもあってか、店頭で販売している紫ポーションへの注目度は高かった。

流石に物が物なので、買うことに対して躊躇する客も多かったが、複数人が買いたいと申し出ている。

その多くは商人ではなく、ガッチリと装備を着込んだ冒険者だ。

「ギルドの鑑定書……店主、これを買おう」

「ありがとうございます」

一本５００万、決して安くない買い物なのだが、世の中にはそのような高い物でも即決で買う人間は居るようで、ポーションとギルドの鑑定書を軽く見ただけで購入を決めた客が現れた。

おぉ、と周囲に立っていた客は一様に驚きの声を上げていた。幾ら高額商品が日々売買されている王都闇市であっても、紫ポーションレベルの高額な取引は珍しいようだ。

「……時に店主、これはどうやって仕入れたのだ？」

「色々と伝手を使った結果、とだけ」

自作のポーションを購入した客は、やたらと長い髪が特徴的な男性冒険者だった。

周囲の客よりも頭一つ分は背が高いだろうか、ただ体つきはひょろりと細く、どちらかというと冒険者とは思えない華奢な体型をしていた。

「そうか、もし再び入荷する予定があったら是非買わせて貰いたい、これは私の冒険者カードだ。ギルドに持ってきてくれれば、そのまま購入手続きをしてくれる。価格はその場の値段で良い」

「分かりました」

男が差し出してきたのは一枚の冒険者カード……の写しであり、この世界で言うところの名刺のような物だ。

名前は……マクスウェルと言うらしい。

「しかし良いのですか？　無論、暴利を貪るつもりはありませんが、場合によっては倍近くしますよ？」

「問題ない、ただ使用期限だけは気をつけてくれ」

今回は最低価格に近い金額で販売しているが、時期によっては倍近く高値を付ける事もある。

特に多いのは未確認のダンジョンが国内で確認された時や、戦争の機運が高まった時が多い。

まるで株の値動きのように、王都の広まった噂によってこれらポーションの値段は上下する。

カインリーゼ王国は基本的平和ではあるものの、周辺諸国ではちょくちょくと紛争が起きていたりする。

それこそ、カインリーゼ王国から南にあるアインハーバー都市群と呼ばれる独立都市が幾つも集まって出来上がった国では、年中争いが起きていると言うし、戦争だけでなくともモンスターが異常発生したり、貴族のお家騒動で戦いが起きたりと、争いの種は結構多かったりする。

ただ近年だと大きな争いも無く、ポーション類は比較的安定しているみたいだ。それでも希少な物であるのは変わりない。

なので一応、値段はその時期による……と念のため注意はしたが、マクスウェルは特に気にしないと言う。

数百万単位の値段を気にしない、というのは中々に凄いことだがもしかしたら結構著名な冒険者なのかもしれない。

「紫等級のポーションは中々市場には出回らない。それこそ月に一本出品されれば良い方だ。だから怪我を治療出来ない者も多い」

「そうなのですか？」

「あぁ、再生治療ともなれば治癒魔法使いでも出来る者は少ない。だからこそ紫ポーションが必要なのだが需要に対して供給が少ない、だから言い値で良いと言ったんだ」

マクスウェル曰く、多少の怪我であれば低級のポーションや治癒魔法で治すことが出来るが、冒険者という仕事柄、手足の指や腕や脚がモンスターとの戦闘によって無くなる……なんてことはそう珍しくは無いという。

今回、購入した紫ポーションは、先月モンスターとの戦闘で右指を欠損したパーティーの仲間に使うのだと言う、その方法は欠損した部位を再度切り落として、ポーションを軟膏の様に塗り付けるという。説明を聞くだけで背筋が凍るような方法だ。

ただそれでも治療したい、という冒険者は多いという。

（そりゃそうだよな、下手すりゃ引退の可能性だってあるし）

冒険者は身体が資本、何処か怪我や病気をすれば満足に戦うことは出来ない。

そうなれば収入は自ずと少なくなるので、高い金額であっても出来るだけ早く再生治療をしたい、という冒険者は俺が思っている以上に多い様子だった。

今回、王都闇市で販売した紫ポーションは、普段であればその日の目玉商品になるぐらいには価値が高いものになる。

一本５００万、時期によっては倍近くもするこの超高額な薬は闇市が開催してから一時間足らずで売れてしまった。

周囲に居た客の中には購入出来なかったことを残念がっている者も多く、その客の中には後で残っていたら購入したいと言っていた人も存在した。

「凄いな、エルフの噂って」

「そりゃそうよ、エルフの奴隷なんてそうそう出るものじゃないし」

王都闇市には大まかではあるが、それぞれ売り物の種類によってブースが分かれている場所が存在する。

今回、俺やアイナが居た場所はフリーマーケット会場であり、物の種類や選別無く様々な物が売られている。

そして今の王都闇市で一番人を集めているのが、闇市中央の奴隷販売エリアだ。奴隷販売、言葉にするとかなり悪い印象ではあるが、周囲を見渡してみると活気はあれどそこに嫌な空気は無かった。

「奴隷によっては色々と条件があるんだな」

「まぁここに集まるのは借金や犯罪で奴隷落ちした人達じゃないからね」

他よりも明らかに道幅の広い奴隷販売エリア、多くの客が行き交う道の端に、プラカードの様な物を掲げた人達が等間隔で並んで立っていた。

「月5万、年50万……って安くないか？」

「技術の無い奴隷ならそんなものじゃない？　しかも住み込みって書いてあるから衣食住は主人が確保しないといけないし」

前世の偏った知識だけで考えるなら、奴隷には人権が無く、買われた主人には絶対逆らえない……なんてイメージがあったものの、このアスフィアル世界では奴隷にもしっかりと人権はあるようだった。

言ってしまえば拘束力のある使用人を雇う、といったイメージに近く、奴隷だからといって不眠不休で重労働をさせる……というのは無理だ。

ただ一般的な奴隷であれば、不眠不休で重労働といったブラックな仕事は無いにしても、魔物の解体作業や下水作業といったキツイ作業をさせられる事が多いそうだ。

あとは守秘義務や行動制限といった仕事に関係する誓約魔法も主人の判断で掛けられるという。

この誓約魔法を掛けられるというのが、買い手の最大のメリットになるらしい。裏切らないや情報を他者へ漏らさない、という点で優れている魔法なのだが、誓約魔法は一般市民に対して使うと重罪になるという。

「月30万、こっちは高いな」

「商会の元丁稚だったら簡単な計算とかも出来るでしょうし、高くても買い手は居るんじゃないかしら」

　簡単な計算で月30万か……今後、自分の店を持つ事を考えれば守秘義務の類でも優れている奴隷の店員というものも良いかもしれない、と思ったりしたが技術を持つ奴隷の値段はかなり上がるみたいだ。

「じゃあ、エルフの奴隷ならどうなるんだ？」

「さぁ？　私なら月１０００万でも驚かないけどね」

　この国に奴隷としてやって来る……ということは、そのエルフは自らの意思で自分を奴隷として売るという訳なので、何故、こんな人間の国に自らを売りに来るのか、その理由がただ単純に気になった。


　人混みの激しい中央エリアでも、更に人が集まる場所の中心に例のエルフは佇んでいた。

　他の奴隷達がプラカードを掲げて積極的に話しかけている中、そのエルフはただ椅子に座り本を読んでいる。

若草色の美しい長髪からエルフ特有のピンと尖った長い耳が垣間見える。顔立ちも噂に違わぬもので、彼女の姿をひと目見た人達は思わず歓声を挙げていた。

彼女の周辺には簡易的な柵が設置されており、近くまで寄る事は出来ない。周りには屈強な警備兵も居ることから闇市の運営も警備に力を入れていることだろう。

「まるで上野のパンダだなこりゃ！」

「何よそれ！」

区切られた柵にしがみつくように、エルフの姿を一目見ようと多くの人間が移動する。

その光景は、かの有名な上野動物園に初めてパンダがやってきた時の映像を思い浮かべる。

『押さないで‼』

ピーっと警備員の笛と共に大声で注意が入るが、人の波は既に制御不可能な状態になっていた。

ただただ流されるままに、傍に居るアイナと離れないように何とか身体を捻りながら動いていたら、偶然にも最前列まで来ることが出来た。

「すげぇな……」

まるで専用に組まれた壇上にある椅子に座りながら、文庫本程度の大きさの本を読むエルフ、髪と同じようにまるで宝石のような美しい翡翠の瞳は大勢の人の波を気にせずに、目の前にある本にだけ集中が向けられている。

そしてステージの下の部分には、茶色の額縁に飾られた一枚の白い紙が立て掛けられていた。

その内容を読んでみると……。

「やっぱりエルフとなれば、色んな条件があるんだな」

茶色の額縁に飾られた一枚の白い紙には、達筆で彼女を購入する条件が詳しく書かれていた。

その内容は他の奴隷と同様に、複数の条件が提示されている中で、目に留まったのが1つあった。

『必・赤三等級以上のポーションを1つ』

この条件を見た瞬間、俺はどこかしら彼女との運命を感じた気がした。

「ひ、酷い目にあったわね……」

体力に優れる冒険者であっても、まるで暴動が起きているかのような中央エリアの騒がしさは、流石のアイナであっても堪えたようだ。

客の中には再度エルフを見ようと、逆走しようとする者も居たために、人の波は激しく乱流しており、出られると思えば押し戻されたりと……俺はまだしも背の低いアイナはその赤髪をぐちゃぐちゃに乱されており、酷い目にあったようだった。

俺も見学というにはかなりの疲労感を感じては居るが、それ以上に何かしらの運命を感じる。

（エルフが店の看板娘……いいな）

パッと見では無愛想な雰囲気を漂わせていたものの、エルフが働く商店となれば王都でかなり話題を呼べるのではないかと思う。

何故、彼女が赤ポーションを欲しているのかは分からない、外見では何処か怪我をしている様子も無いが、必須条件に赤ポーションがある事から身内に紫ポーションではどうにもならない大怪我をした人が居るのかもしれない、ただそれ以前に、今の俺にこの赤ポーションを用意出来るのか？　というのが問題だった。

「一ヶ月は王都に居るんだってな、あの子」

「まぁ、赤ポーションなんて滅多に見ないし、各国を見て回っているんじゃない？」

数年に一度のペースで発見されるという赤ポーション、実際のところだと近年ではその頻度は落ちているようだった。

それもそのはずで、ただ単純にこの世界に存在するダンジョンが次々と踏破されてしまったからだろう。

現状、製造することの出来ない赤ポーションの絶対数は決まっているので、見つければ見つけるほど残りの量は減る……それは当たり前だ。

（……ただ俺は赤ポーションを作れる可能性がある）

ポーションを必要としているということは彼女か、それとも彼女の親しい間柄の人物が何かしらの怪我や病気をしている可能性がある。

そうでもなければ、態々自分の身を賭してまで赤ポーションを探そうとはしないだろう、第一にエルフが奴隷になるとはいえ、それが赤ポーションと同価値があるかと言われれば疑問だ。

多分だけど、価値だけで考えれば赤ポーションの方が上だと思う。

ただ同時に思うことは、同じ日に出会った長身の細長い体躯の男性冒険者であるマクスウェルとの会話で今も紫ポーションを用いた再生治療を臨んでいる人が居ると言う話を聞いたので、少しポーションに対して考え方が変わったのかもしれない。

だからこそ、奴隷云々を抜いて彼女を助けたいと少し思ってしまった。その根底にはエルフという特別な存在があるからかもしれないけど……。

「ありがとうございます。巌児さん」

「いいよいいよ、ここら辺の土地は殆ど使っていないしね」

赤ポーションを作成する為にまず必要なのは、原料となる魔法薔薇《マジックローズ》を栽培する土地だ。

最初こそ〈異世界渡航〉の能力を使って誰も知らない世界で栽培しようかとも思ったのだが、50本の魔法薔薇《マジックローズ》で数滴分の赤ポーションモドキしか搾り取れなかったのを見ると、一瓶分の量を作ろうと思ったら広大な農地が必要だと感じた。

それを農業未経験者の俺が一ヶ月の間に出来るのか？　と言われれば無理とは言わないにしても、かなり難しいというのは簡単に想像出来た。

市販されている目薬ぐらいの量の赤ポーションで、大体４０００本近くの魔法薔薇《マジックローズ》が必要になってくる。これは俺の技量や採取方法にもよって多少は上下するだろうが、此処まで来ると個人ではどうすることも出来ないレベルだ。

一応、晶さんに聞いてみてもＬｅａｆ研究所で既にある物が大体５００本程度、そこからかき集めても残り３５００本の薔薇が必要となれば、個人では到底用意出来ないレベルだ。流石の晶さんでも用意に一週間はかかると言われれば、実際に使える日数はもっと少ない。

ここまでするのなら、いっそのことアスフィアル世界の研究を行っているＬｅａｆ研究所と共同にやれば？　と思うのだが、この魔法薔薇《マジックローズ》に関しては西王寺から研究所に報告するな、と厳命されているのでやりたくても出来ないのが現状だったりする。

　ただこの魔法薔薇《マジックローズ》の件に関しては、晶さんや西王寺の父親である龍幻会長には話を通して良いとも同時に言っていたので、西王寺は何やらＬｅａｆ研究所に対して何処か考える部分があるようだった。

「多分、一ヶ月も掛からないと思いますので、終わり次第片付けをして元通りにしておきます」

「そんなに気にしなくてもいいんだよ？　元は荒れ地だからね、好きに使いなさい」

　東京に住居を移した今でも、最初にやってきた赤根村の人達との交流は続いている。これに関しては複雑な事情は無く、ただ単純に居心地が良いと言うのが理由だ。

　元々、俺は前世でも地方の出身であり、そこから20年近くアスフィアルの世界で過ごしていたこともあって、東京という場所はまさに鉄で出来た摩天楼と言わんばかりに高層ビルを始めとして、人や物が大量に溢れており、田舎人の自分としては長時間東京に居続けるのは少しツライ部分がある。

　程よい田舎、と言うには赤根村は少々田舎すぎるものの、赤根村の土地勘は既に持っているし、何より一番大きいのが、俺が村の外を出歩いても不審がられないという点だ。

　それに巖児爺さんを始めとして、多くの村の人達とも知り合いということもあって、俺は住居を東京に移した今でも何度か赤根村にやって来ていたりする。

　そして今回の薔薇の栽培地を探すに当たり、赤根村周辺の大地主である巖児爺さんに話を持ち込んだ……という訳だった。

第45話　西王寺本家と分家

今回、赤ポーションを作るにあたって約４０００本もの薔薇を栽培するので、巖児爺さんから借りた土地はかなり広大な面積を誇っていた。

「うわぁ、凄いですねこれ」

　土地の持ち主である巖児爺さんが荒れ地、と評したことからある程度覚悟はしていたものの、今回魔法薔薇《マジックローズ》を栽培する畑やその周辺の環境は歩くのもままならない程、大量の草木が生い茂っていた。

　晶さん曰く、魔法薔薇《マジックローズ》の素体となるまだ開花していない蕾の状態の薔薇は全国各地からかき集めるのに一週間ほど時間が欲しいと言われたので、俺はその間にこの広大な荒れ地を耕さなければならない。

「……一週間で終わるかな？」

　素人目で見れば、人の背丈程まで成長した草木を刈り取り、薔薇を植えることが出来る状態にするまでの行程が一週間で終わるとは到底思えなかった。

「実家から農業機械持ってきたので一週間もあれば大丈夫ですよ」

「そうなの？」

「はい、見た目こそ凄いですけど、元々農地だったこともあってそこまで大変じゃないですよ」

そう頼もしい言葉を語るのは、赤根村に唯一存在するコンビニでアルバイトをしている木田君である。

彼は普段、コンビニのアルバイトをしているのだが、実家は農家であり時期によっては実家の農作業を手伝ったりしている経験者だ。

今回、魔法薔薇《マジックローズ》を栽培するに当たり、頼もしい助っ人でもある。

「農地？」

「数年前まではここも畑として使われていたみたいです」

パッと見だと、ただ手入れのされていない荒れ地の様に見えるんだけど、木田君曰く、草木は生い茂っていても基礎の部分はまだちゃんと残っているらしい。

だからこそ、ちょっとした手入れをすればすぐに使える状態に出来るのだという。

やはりというか、現代の科学技術によって生み出された力は、魔法が存在する世界で過ごしている人間であっても便利な物だなぁ、としみじみと実感させて貰える。

たった一週間の内に、俺と木田君の二人で草刈り機を使って人の背丈ほど伸びた草木を刈り取って、農業経験者である木田君の主導の下で耕運機を使って地面を耕した。

アスフィアルの世界に住む人々は、地球人に比べて身体能力に優れており、一般人であっても国体選手並みの体力を備えていたりする。

ただそれでも科学技術は発達していないので、基本的に農作業と言えば鎌で草を刈り、鍬で地面を耕すのが一般的だ。

もし、アスフィアル世界の技術レベルで農作業をしようとした場合、どれほど時間が掛るのか分からなかった。

流石、地球の科学技術というべきだろうか。


一週間も経てば、あれほど荒れていた場所もちゃんと畑として見られる程度までには復活した。

「事前に言って頂ければ、こちらで準備も土地も用意致しましたのに……」

そこから数日も経たない内に、事前に晶さんにお願いをしていた蕾状態の薔薇を積んだトラックが何台も赤根村へとやって来る。

赤根村は周囲が山々に囲われている為、最寄りの街である最羽町から来るにしても細く険しい山道を通らなければならない。

そうなると大型トラックでは赤根村まで行くことが出来ないので、晶さんは中型のトラックを何台も手配して運搬してくれたそうだ。

「いえ、そこまでして頂くのも申し訳ないので……」

いきなり蕾状態の薔薇を４０００本用意しろ、言葉にすることは簡単ではあるが、我ながら無茶振りというか、中々に理不尽な依頼だと思うからこそ、今回はそれ以外の部分を自分の力でやろうと思った。

　実際は巌児爺さんや木田君の力を借りているんだけど、初日以降は殆ど自分の力で畑を耕した。

　畑から一番近い道に何台ものトラックが並び、ほぼ獣道みたいな場所を何人ものスタッフが薔薇を運ぶ。俺も薔薇が入っているコンテナを持って運べば、耕し終わった畑には既に薔薇の植え付け作業が同時に行われていた。

「……晶さん、少し聞きたいことがあるんですけどいいですか？」

「なんでしょうか？」

　畑の隅っこで薔薇の植え付け作業を見ながら、態々赤根村まで来てくれた晶さんに話しかける。

「西王寺――雫さんが以前、東京の研究所にはこの魔法薔薇《マジックローズ》を報告しないように、と言われたんですが晶さんはこの意図って分かります？」

　今回、俺が態々巌児爺さんに頼んで土地を借り畑を耕した理由は、俺の雇い主である西王寺が晶さんや龍幻会長以外の人にこの魔法薔薇《マジックローズ》を教えないように厳命されたからだ。

　特に東京にあるアスフィアル世界の研究を行っているＬｅａｆ研究所には絶対情報を漏らすな……と名指しで言われれば、その意図が気になるものだ。

西王寺の真意を知るべく、事情を知っているであろう晶さんになるべく自然に聞いてみたものの、俺の言葉を理解した晶さんは少し眉を顰めるような表情をする。

　出来れば話したくない……そんな表情だ。

「あ、無理なら全然いいんです。そこまでして聞きたいわけじゃ無いですし」

「いえ、大丈夫ですよ……いずれは話さないといけませんので」

この話題をしてはいけなかったかな？　そう思い、途中で会話を中断しようとしたが、晶さんは構わずに話し始める。

「Ｌｅａｆ研究所は西王寺の分家の方が経営しています。これだけでもある程度察することが出来ますでしょう？」

「……本家と分家は仲が悪い、ということでしょうか？」

現在、西王寺家は本家と分家に分かれて居るのだという、本家である西王寺家は龍幻会長が、分家は西王寺汪海という男性が当主を務めているそうだ。

本家と分家……一般家庭では到底有り得ない、まるで戦国時代の武家のようだ。

俺の答えに対して、晶さんはコクリと小さくうなずいた。

「同じ会社を経営している都合上、表向きは仲が良いように見えますが、本家当主であられる龍幻様と分家当主であられる汪海様はお互いをライバル視している間柄になります」

「ライバルなのに、龍幻会長は分家の人に研究所を任せたんですか？」

ライバルであるなら何故、分家の人に研究所を任せたのか気になった。少なくとも龍幻会長や晶さんが責任者であれば、西王寺が研究所に対して気を揉むことも無かっただろう。

その問いに対して、晶さんはまるで苦虫を噛み潰すように答えた。

「最羽町で私の隣に一人の男性が居たのを覚えていますでしょうか？」

「はい、あのガタイの良い人ですよね」

最羽町といえば、龍幻会長と初めて会った時の場所だ。そこでやたらとガタイの良い大男が会議室に居たのを覚えている。

確かその時は、晶さんと同じく龍幻会長のＳＰだったハズだ。

「その男性の名を大和田と言うのですが、有り体に言ってしまえば彼は分家から送られてきたスパイでした。最羽町の一件以降、彼は失踪し、あの場に居なければ分かり得ない情報が分家の方へ漏れていたのです」

西王寺本家と分家はある意味運命共同体というべきか、繁栄する時も衰亡する時も運命を共にする間柄だそうだ。

互いがライバル視をしている間柄ではあるものの、基本的には互いで協力しあって西王寺グループという世界的な巨大企業を運営している。

「本家も分家も、資産規模や影響力で言えばそこまで変わりません。この２つの家の違いはただ直系か傍系かという部分だけなのです」

様々な業界へ手を伸ばしている西王寺グループは本家、分家ごとにそれぞれ管理する仕事が違うのだという。

「龍幻様は自動車産業や不動産、ＩＴ関係などを経営しております……一方で西王寺グループの副会長であられる汪海《おうかい》様は遺伝子研究といった先端技術産業を主に経営しているのです」

「つまり、Ｌｅａｆ研究所は……」

「はい、Ｌｅａｆ研究所を筆頭に、西王寺グループが保有するバイオテクノロジー関連の研究施設に関しては、ほぼ汪海様が指揮されているのです」

だから、龍幻会長の娘である西王寺はＬｅａｆ研究所に魔法薔薇《マジックローズ》の存在を知らせるなと命令したという。

本家と分家による権力争い――――巷では、龍幻会長も汪海会長も仲が良い従兄弟という事になっているそうだが、内部の事情を知る人達からすれば互いに主導権を巡って日夜権力闘争を繰り広げているのだという。

……そして、今現在の主戦場は俺が龍幻会長に齎した異世界の不思議物質、及びにムーンゲートの先に存在するアスフィアル世界関連の事業だという。

「龍幻様も汪海様も既に異世界に関連する会社を多く設立しております。ですが、最先端技術ということもあって当分は汪海様陣営が優勢だろうと、龍幻様は自ら仰られておりました」

俺が何気なしに交渉した異世界のアイテムは、既に数百～数千億規模の計画が練られているそうだ。

既に魔素を始めとした魔力を観測するための装置の開発研究に莫大な資金が投資されているそうで、少しずつではあるものの、西王寺グループ以外にもこの異様な資金の投入を察知して様々な人達が動いているのだという。

……供給元が俺一人なんだけど、大丈夫なんだろうか？

簡単に言うと、今の西王寺グループは本家と分家の2つに分かれて新たな事業の開拓先である異世界産業の主権を得る為に、今までに無い程に激しい権力争いが繰り広げられているそうだ。

その様子はまるで綱引きの様に一進一退を続けているそうで、既に何十億という資金が注ぎ込まれているのだという。

その影響は投資家を始めとした経済に目敏い人であれば既に気がついているようで、公の場に異世界産業がバレるのも時間の問題だという。

　そんな中、俺は闇市に売られているエルフを口説くためにポーションを作ろうとしている訳で、龍幻会長や晶さんがこの権力争いから遠ざけてくれていたとはいえ、己の呑気さに恥ずかしくなった。

「ただ場所を赤根村に選んだのは良かったと思います。外部から閉ざされた村社会であれば、情報統制もしやすいので」

　西王寺グループの本家と分家についてある程度説明を終えた晶さんは、何やら不穏なことを語った。

　これも、俺が西王寺グループの内情をある程度知ったからなのだろうか？

「……村の人達を不安にさせることは止めてくださいね？」

　何やら不穏なことを言う晶さんに対して、俺は少し不安になった。


「私も試してみたけど、やっぱり魔法薔薇《マジックローズ》に変異しなかったわ」

「ただ魔力を浴びせるだけじゃ駄目、ってことか」

「……ただ魔力を浴びせるだけで紫ポーションが作れる程の高品質な薬草が出来るのなら、長い歴史の中で既に誰かしら見つけて居たでしょう……キーは貴方の魔力の特性、なのかしら？」

　晶さんから西王寺グループの本家と分家の話を聞いた後、俺は赤根村に魔法薔薇《マジックローズ》の栽培拠点を置いたことを西王寺に伝えた。

期限は一ヶ月、王都闇市での紫ポーションの需要を鑑みた結果、とりあえず栽培してみようということになっている。

……本来の目的である赤ポーションの作成やエルフの奴隷を購入することはまだ伝えていない。

一方で、晶さんから聞いた西王寺家にまつわる複雑な事情を知ったことも同時に伝えてある。

ただ当の本人はそう、と短く返事をしただけで特に気にした様子は無さそうだ。

コチラの世界から出来ることは殆ど無い……西王寺の考えは、ある意味諦めにも近い割り切ったものだった。

寧ろ、これら実家の権力闘争よりも彼女が今一番に興味を抱いているのは、ただの薔薇を魔法薔薇《マジックローズ》に変異させる俺の魔力の特性についてだった。

「番外属性を帯びている訳じゃ無いし……未確認の属性？　それとも貴方の祝福《スキル》の影響？」

「それは分からん、俺も初めて知ったし」

魔法薔薇《マジックローズ》は多分、この世界で唯一の人工で作られた上級の薬草だ。

これらを使えば、未だ安定した供給が出来ていない紫や青等級の上位ポーションの大量製造が可能になるだろうし、そうなれば将来性は勿論、莫大な利益が望めるはずだ。

そんな俗物的な考えの俺と違い、西王寺はこの魔法薔薇《マジックローズ》よりも植物を魔力を帯びた物に変異させた俺の特異な性質に強い興味があるようだった。

赤ポーションを作るに当たって、以前は一日一度の魔力拡散だった所を、今は朝と夕方の二度に増やしている。

晶さんからの勧めもあり、畑の周囲には柵と監視カメラが設置され、赤根村にある空き家を借りて警備の人間を常駐させている程の力の入れようだ。

「これが魔力なのですか？」

薔薇が植えられている農園には、園の中心まで行けるように十字の小道が整備されており、俺はその部分を歩きながら周囲に魔力を拡散させていく。

毎日とはいかないものの、この魔力拡散の光景を撮影したり、まだ試験段階の装置で観測したりしようと龍幻会長の下で働いている研究員の人達もこの農園に訪れたりしている。

魔法薔薇《マジックローズ》農園に広がる一面の薔薇は、一週間も経過すると俺が拡散した魔力に反応して発光現象を起こしていた。

この不可思議な現象を最初見た時、俺は勿論、傍に居た晶さんや偶然居合わせた研究員の人達も全員が驚いた。

ある意味、地球で初めて魔法の観測が出来たため、研究員の人達は大喜びしながら機材を急いで準備して発光する薔薇農園を楽しそうに撮影していた。

本当は俺が魔法を覚えて直接披露出来れば良いんだけど、未だ上手くいった例が無いので要練習、といったところか。

魔法薔薇《マジックローズ》の発光現象は、日数が経過するごとに強くなり、曇天模様の夕方時でも俺が魔力拡散を起こせば辺り一帯が、まるでラベンダーの様な明るい紫色に輝く。

「これを分析して魔力の観測出来たりしないですかね？」

「私はそこら辺の専門では無いので分かりませんが、今日この場へやって来ている研究者達は、この発光現象に大変興味を持っていましたよ」

チラリと晶さんが視線を横に移せば、大の大人達が写真機のような巨大な箱を覗いてワーワー騒ぎながらメモを取っていた。

その光景は事情を知らない人から見れば、完全に不審者の集団だ。

「……あれでも、西王寺グループが誇る研究員なんですよ？」

俺は何も言っていないけど、明らかに不審者集団に見えるお抱えの研究者たちを見て晶さんは何処か苦し紛れの言い訳の様なことを言った。

ファンタジー世界に登場するポーションと言えば、複雑な調合を以て生み出される魔法技術の結晶……みたいなイメージがあるのだが、俺がやっているのは果汁１００％のジュースを作るみたいに、用意した魔法薔薇《マジックローズ》をすり潰して液体を抽出するだけだ。

一応、アスフィアル世界にも上手なポーションの作り方、というものは存在するみたいなのだが、その優れた製造方法の殆どがいわゆる秘伝というヤツであり、一般的に普及しているポーションの作り方は薬草を熱して濃縮させたり、分離させたりするんだそうだ。

やってることは中学の理科の実験と大差ないんだけど、アスフィアル世界では便利な実験道具があるわけじゃないので、これら一式を用意する必要があることから、ポーション職人というのは結構敷居が高い職業だったりする。

「赤……色ですかね？」

「多分」

二週間と少しの短い栽培期間を経て、４０００本の薔薇を全て魔法薔薇《マジックローズ》に変異させることに成功した。

その一部は龍幻会長が所有する研究施設に送られるんだけど、最初の数回抽出した感じだと多分４０００本も要らない気がする。

流石に４０００本の魔法薔薇《マジックローズ》を全部自分ひとりで収穫するのは途方もない時間が掛かるので、植え付け作業と同様に晶さんが手配した人達と一緒に変異した４０００本の魔法薔薇《マジックローズ》を一気に収穫した。

……それまで定期的に農園までやって来て観察をしていた研究員の人達も何故か自主的に魔法薔薇《マジックローズ》摘んでいたけど、当人達は喜んでいたので良しとしよう。

そして期日の二日前には摘み取りも完了し、業務用の圧搾機を使って一気にすり潰していく。

４０００本の魔法薔薇《マジックローズ》は圧搾機の金属板に一気に潰されて、板の端から黒っぽい液体が溢れ出る。

その溢れ出た液体は圧搾機の下にある受け皿に収まって、注ぎ口を経由して１つの容器に纏められた。

纏められたポーション原液は、そのまま遠心分離器に掛けられて圧搾によって生まれた滓を取り除き更に成分を抽出していく。この他にも様々な工程を挟み、ポーション原液はより純度を高めていく。

周囲には芳香剤のような強烈な匂いが立ち込めており、全員がマスクとゴーグル、そして全身を覆う防護服を装着し、様々な工程を経て純度を高めていくポーション原液を観察している。

以前、紫ポーションを作った際よりも栽培期間を出来るだけ延ばしたのに加えて、一日に二度の魔力拡散をしていたお陰か、ポーション原液の時点でピリピリと肌を刺激するようなオーラを感じる。

この感覚は自分以外に体感出来ては居ないみたいだけど、原液の時点で薄っすらと輝いていることもあってか全員が何処か興奮気味に観察していた。

「やっぱり便利ですね、科学技術って」

「〝十分に発達した科学技術は、魔法と見分けがつかない。〟という言葉があるぐらいですからね、向こうの人達からしたら、この世界の科学技術も魔法の様に見えるのかもしれません」

有名なＳＦ作家の一人として、クラークというイギリス人の作家が存在する。

彼は俺が生まれる以前から活躍していたＳＦ界の大御所であり、作家でありながら一流の技術者として様々な物を開発し、後世に多大な影響を及ぼした人だ。

そんな人物が提唱した３つの法則、クラークの三法則の中の一つに晶さんが言った『充分に発達した科学技術は、魔法と見分けがつかない』という有名な言葉がある。

これは理系の人じゃなくても、ＳＦモノを齧ったことのある人なら誰もが知っている様な有名な言葉であり、俺もクラークという人物は知らなくてもこの言葉は知っていた。

そして同時に、晶さんが今この場でこの言葉を使った理由が何となく分かる気がした。

「確かに、ここまで出来ると魔法みたいですね」

50本の魔法薔薇《マジックローズ》を一晩掛けて圧搾していたのが、今や４０００本の魔法薔薇《マジックローズ》を一時間も掛からない内に出来てしまっていた。

その作業も手作業でやっていたよりも完璧で、圧搾されたポーション原液は手作業でやっていたよりもサラサラした液状になっている。

これらの結果を見て、俺は発達した科学技術は魔法と見分けがつかない、という理由を少し理解した気がした。

第48話
魔法薔薇〈マジックローズ〉栽培の裏側で
ISEKAI SHONIN

４０００本の魔法薔薇《マジックローズ》を圧搾した結果、大体、小瓶２つ分程度のポーション液が抽出できた。もしこれが紫ポーションを造った際の手法であれば、多分小瓶１つ分も抽出出来なかったと思う。やはり、素人の手作業よりも機械を使ったほうが効率が良いのは間違い無かった。

予想以上に抽出出来た赤ポーションの一本は俺が、もう一本は晶さんを通じて龍幻会長傘下の研究所に送られる予定だ。以前の赤とも紫とも言えない色合いだったポーションと違い、今回作った赤ポーションは色合いこそ少し暗めではあるものの、ちゃんと赤色とハッキリと言える色合いをしていた。

クリスタルカットが施された美しくも透明度の高いガラスの容器に、今回出来上がった赤ポーションは入っており、ポーション液の色合いからしても見た目だけなら香水にも見えなくない。

こうして出来上がった赤ポーションではあるが、出来上がったのは期日の最終日、王都闇市の運営によれば今日の夕方をもってエルフ奴隷の公開を終了し、次の都市へ移動するという。

そして未だ王都闇市でエルフ奴隷を購入したという情報は無い。

一ヶ月の間、俺は晶さん達と魔法薔薇《マジックローズ》を栽培していた訳だが、それ以外にもエルフの奴隷を迎え入れる為に水面下で色々な事をしていた。

1つ目は、購入する予定のエルフが泊まる場所の確保、普段使っている旅団のチームハウスは流石に使えないので、別で用意することにした。

そして、詳しい話を聞いてみるとエルフ奴隷以外にも、もう一人の同行者が居るらしく、話によればその人物は何かしらの疾患を抱えているようだ。

それだけである程度察する事が出来るが、今回エルフが自ら奴隷として売り出したのは同行者を救うためだったと言う。

だからこそ、エルフを購入する場合は、そのエルフ以外にももう一人の同行者が一緒に暮らせる住まいを用意する必要があり、俺はもう一つの用件に加えてこれら問題をエンファイブ魔法学園で生活している榊原に頼むことにした。

「エルフの奴隷って、まさにラノベ展開というか……」

「奴隷というよりは口が固い従業員が欲しかったんだけど、なんかめぐり合わせでこうなったんだよ」

以前、レイ・カスティアーノと面会した時と違い、俺は大鷲寮ではなく榊原が寮生活をしている獅子寮へとやって来ていた。

内装こそ、深緑をイメージした大鷲寮と違い、赤を基調とした装いになっているものの、基本的な構造は獅子寮も大鷲寮と大して変わらなかった。

幾つも存在する応接室の中の1つを貸し切って、随分と緊張の解れた榊原と一対一の状態で面会していた。

「王都中で住居を探すぐらいなら、態々私に頼んでやらなくても大丈夫じゃないですか？」

「それはそうなんだけど、相手が相手だし、もう一つ頼みたい事もあって相談しようと思ったんだ」

「もう一つの頼み事ですか？」

相変わらずこの国の王女様として君臨している榊原は、他人が居るとそのクールな見た目通り澄ましたような態度をしているものの、初の顔合わせ以降、彼女はそれなりに自然体に接してくれるようになっていた。

「あぁ、今回エルフを購入する事になれば、絶対周囲から注目されるからな、別名義で商人をやりたいと思ったんだ」

「あー、それは確かに私じゃないと出来ない案件ですね」

正直、エルフとその同行者を住まわせる場所ぐらいなら、お金である程度解決することが出来る。

エラクトンや地方都市に比べて、王都周辺の家賃はべらぼうに高いが、よほどの好立地で無ければお金を払えばどうにかなるレベルだった。

だがしかし、俺が榊原にやって欲しいもう一つの案件は、お金で解決出来る問題じゃ無かった。

別名義で商人になりたい。その言葉を聞いた瞬間、正面のソファーにやたら良い姿勢で座っている榊原は納得した様子で答えた。

「戸籍の追加でしたら問題無いですよ。新条さんには色々とお世話になっていますし、こちらで手配しておきましょう」

「ありがとう、助かるよ」

アスフィアルの世界……というよりカインリーゼという王国は戸籍制度がしっかりとしており、国境沿いの辺境の村であっても一人ひとりにしっかりと戸籍が登録されている。

そしてカインリーゼ王国の制度として、冒険者や商人が持つギルドカードにはこの戸籍情報が紐付けられていることから、別名義で登録することは通常だと不可能だ。

ただこの制度には例外もあって、まず1つ目が西王寺の様な転移者の場合だ。

この世界へその身のままやって来た転移者達は、この世界で神子と呼ばれており、カインリーゼの主要都市で細かい検査登録は必要なものの、比較的簡単に戸籍登録が出来る。

本来であれば、国外の難民や移住者がカインリーゼの国籍を入手することは難しい。ただ西王寺のような転移者は優れた魔力と強力な祝福《ギフト》を持っている場合が多いので、戦力的、人材的な価値から優遇されているというわけだ。

ちなみに俺は転生者なので、この神子には該当せず、ただのカインリーゼ王国民となっている。

ではカインリーゼ王国民である俺が別名義で新たに戸籍登録をする方法は？　といえば、王国が特例で別名義の戸籍登録を認めた場合になる。

基本的に、カインリーゼ王国は法の権力によって支配されており、その形態は法治国家に近いのだが、ファンタジー世界よろしくと言った感じに、この国では法律の上に王族が存在する。

ただ王族が了承すればすぐに許可が下りるという訳では無く、様々な言い訳というか理由が必要で、その理由の多くは国家の利益となる場合や、滅私奉公の精神があれば認められるというが、実際は様々な裏取引の結果認められることが多いという。

今回、俺はエルフの奴隷を購入する際に、旅団に注目が行かないようにしたいと思っている。

この世界において、奴隷を所有するということは決して悪では無いものの、念には念を入れたいという形だ。

ただ単純にカインリーゼ王国以外だと奴隷制度が禁止されている場所もあるから、というのもあった。

もし今後、何かしらの理由で国外で活動する場合、旅団のメンバーが奴隷を所有していた……という理由で、何かしらの不利益を被る可能性はゼロじゃない。

なので今回俺は、この国の王族である榊原に別名義で戸籍登録をお願いすることにした。

第49話 運命のシュークリーム

榊原に依頼した戸籍の別名義登録は、赤ポーションが丁度出来上がった頃に完了した。

名刺サイズのアルミの様な金属製の薄いプレートには、特殊な製法で彫られた情報が書き綴られており、背面にはカインリーゼ王家の紋章が描かれている。

『商・特1　白馬一星　HAKUBA　ISSEI』

「ナニコレ」

「折角だし……別名義を登録するなら一星くんの名前が良いなぁって」

赤ポーションの経過報告も相まって、再びエンファイブ魔法学園へ訪れた俺は、前回と同じ様に獅子寮の応接室へ案内された。

応接室に入ると、既に凛とした佇まいの榊原が待っており、俺は仰々しく王族に対する作法で挨拶をすると、そのまま部屋の中には俺と榊原だけの二人になる。

最近ではかの有名なクリス王女が逢引をしているだとか、下世話な噂がされているみたいだが、その真実は全く違うのがまた面白いところ。

応接室の横長のテーブルには、俺が持っている鈍色の商人ギルドカードと違った色合いをしたギルドカードが置かれていた。

これが用意して貰った別名義のギルドカードか……と、用意してくれた榊原の許可を貰って手に取り確認してみる。

「……まぁ、頼んだのは俺の方だし別にこれでもいいんだけど、この特1って？」

俺が持っているアレン名義のギルドカードは、まだ登録してから三年未満または特筆すべき実績が無い者が持つ鈍色のギルドカードだ。

一応、正式なギルドカードではあるので、様々な契約の際には有効ではあるのだが、この鈍色のギルドカードは実績の無い新人という意味もあるので、大手商会だったり大型契約を結ぶことは難しい。

このギルドカードは、様々な実績に応じて昇格・降格される。冒険者であれば強力なモンスターを討伐したり、未踏破ダンジョンを攻略したりと言った具合だ。

逆に商人はその商会の規模や、王国やギルドへの一定以上の納税額が判断材料となるらしい。

これらの事からして、高ランクのギルドカードは冒険者よりも商人の方が希少だとされている。

ギルドカードは、冒険者も商人も同じ様にアイアン、ブロンズ、シルバー、ゴールド、プラチナという順で昇格していく……最近、旅団と契約をしたコペン商会はシルバークラスであり王都では一般的な商会だ。

ちなみに、エラクトンの街でバーをやっている俺の知り合いのゼアンはブロンズクラスの商人だ。

そして俺が榊原から新たに渡されたギルドカードはこのいずれにも該当しない、濃い赤紫色――いわゆるワインレッドの色合いをしたまるで美術品のように美しいギルドカードだった。

そのギルドカードには白馬一星という、榊原の推しであるワンステというゲームに出演するキャラクターの名前が記載されているが……まぁ、彼女の性格からして、この程度のサプライズはまだ理解が出来る。

しかしこのワインレッドのギルドカードに見覚えは無い。最初受けたギルドの講習会ではプラチナ以上のランクは教えてもらわなかったし、旅団でもこの色合いをしたギルドカードを持つ団員は居なかった。加えて商というカードの右端に描かれている文字の横に、特1と彫られている文字も少し気がかりだ。

そんな俺の疑問に対し、榊原は少し複雑そうな表情を浮かべながら答えた。

「この世界のお父さんに頼んだら、何か勘違いをしたのか妙に張り切ったようで……最初はシルバーランクのギルドカードを用意しようと思ったんですけど、なんか王家公認の特別な奴を用意しちゃったみたいで……」

「王家公認？」

「う、うん、特1だとマルクス商会やゾア行商組合の会長が持っているギルドカードだね」

「なっ⁉」

マルクス商会といえば、カインリーゼ王国を代表する大商会だ。

流石に世界規模で活躍する西王寺グループ程では無いにしろ、交通手段や連絡手段に乏しいアスフィアル世界で各都市に系列店を出店するというのは、地球に比べて遥かに難易度が高い。

マルクス商会は、確か本店が王都ではなくカインリーゼ王国西部の大都市『サレサ』にあったはずだが、それ以外にも王都を始めとして複数の都市に店を構えていたはずだ。

　流石にエラクトンの様な小さな街には無いが、マルクス商会が運用する商隊は何度か直接この目で見たことがある。

　つまり何が言いたいかと言うと、こんな田舎者でも知っているほど、マルクス商会というのは有名な大店だということだ。

　もう片方のゾア行商組合は、マルクス商会よりも数段規模は下がるが、田舎の人間や辺境の農村に住む人間だと寧ろマルクス商会よりも有名な商会であり、その言葉通りに行商人を統括する組織だ。

　形態としてはギルドに近く、大都市に店を構える本部から商品を受け取り、組合員であるゾアの行商人達がカインリーゼ王国中を巡って商いをする。

　このゾア行商組合はその形態のお陰で普通の商人であれば出向かないような辺境の村まで向かう事が出来、規模で言えばマルクス商会の方が上なのだが、王国に対する貢献度的にはゾア行商組合の方が上だったりする。

　どちらも違った特徴のある商会ではあるものの、共通しているのはどちらもカインリーゼ王国を支える大商会だということだ。

　そんな店と同格のギルドカードを用意する榊原の父親……つまりこの国の王様は幾ら娘だとはいえ、流石に頑張り過ぎではないだろうか？

「ま、まぁ、このギルドカードがあれば用地取得も簡単になるし、ギルドからも保証なしで無制限の借り入れが出来るのでいいんじゃないでしょうか？」

「確かにそうだけどさ……」

所々丁寧語になったりと、口調が変化する榊原の話を聞きながら、メリットとデメリットを天秤にかけて比べてみる。

今回、俺はエルフを購入するに当たって、近年では既にダンジョンから出土されることが稀になってきた赤ポーションを公の場に出す事になる。

少なくとも、エルフ奴隷を取得したというのはまず間違いなく大きな話題を呼ぶ事になる訳なのだが、今回榊原が用意したこの特別なギルドカードはこの赤ポーションやエルフ奴隷の購入の話題を一気に吹き飛ばすレベルになりかねない。

「……いや、でもある意味これでいいのかもしれない。売り出す物の都合上、これぐらい派手だと分かりやすいしさ」

榊原も最初はシルバークラスの一般的なギルドカードを用意する予定だったらしい。

それを榊原の父親が何を思ったのか、王国を代表する商会に渡す様なギルドカードを用意してしまったのは榊原自身、想定外のことだったのだろう。

寧ろ、お願いしているのは俺の方なので無理は言えない。普通であれば別名義のギルドカードを用意するというのは貴族であっても不可能なので無理強いは出来ない。

一方で、計画に多少の修正は必要にしろ、逆を言えばこれほど広告効果の大きい物は無い。

ある意味チャンスでもあり、俺が上手くこのギルドカードを扱えれば計画以上に事を進めることが出来る可能性があった。

何故か申し訳無さそうにしている榊原に対して、俺は心から感謝の言葉を伝える。確かに想定外の出来事ではあるものの、決して悪い要素では無い。

「あ、もしかしたらこの前、新条さんがお土産でくれたシュークリームをお父さんにも渡したからかも？」

「このギルドカードの理由、絶対それだろ⁉⁉」

旅団の支援者になって貰うに当たり、俺は返礼として定期的にお菓子類を渡していた。

榊原が言う、シュークリームもこの前のフルーツタルト同様に晶さん推薦の最高級のシュークリームだ。

下手すれば数ヶ月待ちの超人気商品……それを色々な伝手を使って用意して貰った訳なんだけど、まさかそのシュークリームがこの国の国王のもとまで届くとは思いもしなかった。

この国では、質の高い菓子を用意することは、その人物の器や力量を表すという。

織田信長や豊臣秀吉といった戦国時代の名だたる偉人達が、茶器や茶道に力を入れていた様に、この国の貴族達も菓子に力を入れている。

ただ甘味を楽しむだけでなく、政治利用されているという訳だ。

「そりゃあ、地球の高級洋菓子を国王様に振る舞ったら、そりゃ勘違いされるわな……」

ビスケットやクッキーといった焼き菓子が主流のこの世界において、シュークリームといった菓子はある意味革命的な物に近いかもしれない。

榊原を通じて食したシュークリームも国王がどう思ったかは分からない……が、今回の件を考えるに、多分だが物凄い評価を貰っている気がする。

その理由が榊原に頼んだ別名義のギルドカードの有り得ない高ランクな訳で、榊原に追加で聞いてみれば国王以外にも、母親である王妃や親しい妹たちにもこのシュークリームを渡したのだという。

……その話を聞いた俺は、何処か心のなかで王族達から壮大な勘違いをされている可能性があるような気がした。

第50話
奴隷商人バンク

ISEKAI SHONIN

王都闇市の開催期間は、今日を最終日として明日から次回開催の為に半月間の準備期間に入る。

その為、闇市へ訪れる客は開催初日と変わらないぐらいの人数が訪れており、やはりというか、闇市でも一番の目玉商品であるエルフ奴隷は初日よりも多くの人達が見学へ訪れていた。

普段は滅多に見ることが無いエルフを一目見ようと、闇市の奴隷ブースに多くの人がごった返していた。

エルフがこの闇市へやって来てから今日で丁度一ヶ月が経過するが、この長い期間であっても彼女を購入しようという者は現れなかったようだ。

噂で聞けば、王都でも指折りの商会が購入しようと検討したそうだが、金額はまだしも必須条件である赤ポーションが用意出来なかったようで、それ以降も名だたる商人達が彼女を購入しようと躍起になったみたいだが、結局のところ最終日である今日まで契約に至ったという話は聞いていない。

俺は前回と違い、今日は闇市へ一人でやってきている。格好も周囲から目立たない地味めな色合いの外套を着込み、フードも深くかぶって周囲から顔を見られないようにしている。

姿だけなら間違いなく不審者ではあるものの、まるでお祭りのような喧騒に包まれているお陰か、周囲にいる人達は俺を見ても気にも留めない。ただ買い物以外にも単純に騒ぎたいだとか、一種のお祭りのような状態になっていた。

『やはりエルフでも条件が厳しすぎて売れんか』

『ヴォッツ商会は紫二等級のポーションを複数個用意出来るようだったが、それでも断られたらしい』

『やはり赤ポーションは絶対か』

ガヤガヤと、熱気に包まれる王都闇市の中央エリアに屯している人々をかき分けて、目的である販売所まで向かう。

途中、興味深そうな話をしている人達の言葉に耳を傾けながら、専用のテントが張られている販売所までたどり着いた。

「いらっしゃいませ、ご用件は？」

「エルフの奴隷の購入を……」

王都闇市で販売されていた奴隷達は初日の内に殆どが売れてしまったようで、奴隷販売の受付は思っていた以上に閑散としている。

木製の敷居に囲われた販売所の受付では、人の良さそうな若い男性が椅子に座って待機しており、横長の机にはペンと誓約魔法の込められた特別な用紙が束になって置かれており、周囲には屈強な警備兵が待機していた。

受付の男性は、最初こそ自分の姿を見て少し眉を顰めたものの、まばたきをした瞬間、その表情はビジネス用の笑顔になっていた。

ただ俺の返事を聞いて、その表情はピクリと固まる。

「ご確認致しますが、エルフの購入条件はお読みになられましたでしょうか？」

「大丈夫だ」

エルフの購入条件は複数存在し、まず前提として赤ポーションが必要だ。

そこから奴隷の用途や雇用期間に応じて金額が変動するらしく、一番安いので家事代行といった使用人としての雇用、一番高いのが妾や愛人としての雇用だ。

これは言葉を意図的にあやふやにしているが、妾や愛人としての雇用はつまり性奴隷ということになる。

他には冒険者としての雇用もあり、こちらは使用人雇用の次に安い。

一番安価な条件である召使いの代行であれば、大体、月20万からになっており、勤務形態に応じてその額は変動するそうだ……これは商品であるエルフ本人や、販売を承っている奴隷商会と購入者の三者を混じえて詳しく条件を詰める。

雇用期間は半年から百年と長く設定されており、条件によっては生涯のパートナーとして……という、普通では有り得ない雇用期間を設定できるのは、寿命が長いとされるエルフらしい。

「……ではギルドカードをご提示して貰ってもよろしいでしょうか？」

半信半疑、受付の男性は笑みを絶やさないものの、彼を纏う雰囲気からそんな感情がヒシヒシと伝わってくる。

その考えは周囲を警備している兵士達も同じようで、中には腰に携えている剣にそっと手をかざしている者もいるぐらいだ。

「⁉　……こっ、これは‼」

明らかに不審な目で見てくる受付の男性に対して、俺は何か話すわけで無く、榊原に用意して貰った特別なギルドカードを取り出す。

濃い赤紫色、いわゆるワインレッドのギルドカードは、クレムスランクの王国でも指折りの商会のみ保有出来る特別なギルドカードだ。

クレムスとは、このアスフィアル世界に存在する希少な鉱石の名称だ。

このクレムスランクのギルドカードという存在を俺は榊原から話を聞くまで知らなかったのだが、目の前にいる受付の男性はこのギルドカードの存在を知っていたようで、見た瞬間、まるで全身が一瞬にして凍ったかのようにその動きを止めた。

ワインレッドの色合いをしたギルドカード、この存在を正しく認識できたのは目の前にいる受付の男性だけであったようで、周囲の警備兵達は全員が疑問符を浮かべている。

「しょ、少々お待ち下さい‼」

ガタッ！　と座っていた椅子を勢いよく弾き飛ばして、勢いよく飛び出ていった受付の男性を周囲の兵士達は唖然とした表情で見送った。

「大変お待たせしました‼　本案件につきましては、このバンクが承ります！！！」

待たせたというには、たった数分しか経っていないのだが、受付の男性が連れてきた人物はよほど急いできたのか額に汗を垂らしている。

バンクという男性の後ろには、先程の受付をしてくれた男性に加えて多くの人が待機している。

先程と打って変わって一気に人口密度の高くなった受付テントから移動し、俺はバンクの案内の下、テントの奥へと案内される。

「ハクバ・イッセー様……大変恐縮なのですが、クレムス級の商人様で私はイッセー様の名前を存じていないのですが……いつ頃昇級されたのでしょうか？」

「……私の顧客に王族が居るのでその関係で、昇級したのはつい最近です」

「あぁ、なるほど」

受付テントの奥へ案内され、やって来た場所は未だ闇市用に建てられた仮設の建物ではあるが、グレードは段違いだ。

用意されている調度品も、素人目で高級な物だと分かるほどだ。明らかにこの場所が重要な取引の際に用いられる場所だと俺はその場で理解した。

「エルフのご購入を希望されているということですが、必須条件として赤ポーションをご用意していただく必要がございますが、今現物でご用意されていますでしょうか？」

「勿論、把握しています」

ゴトン、クリスタルカットの施された透明な容器に入った赤ポーションを取り出し、バンクの目の前に置く。

その色合いは若干黒いものの、ポーション液の色はちゃんと赤くなっており、小瓶サイズの容量しか入っていないが、その圧倒的な魔力のオーラを感じてか、正面で赤ポーション液の入った容器を見ていたバンクはゴクリと大きく喉を鳴らした。

「これが赤等級ポーションですか……私も何十年と商いをしておりますが、実物を見るのはこれが初めてです」

態々自分に許可を得てから、恐る恐ると言った様子で赤ポーションの容器を手に取る。

衝光石の灯りに照らされた赤ポーションの透明な容器は光を乱反射して美しい装いになる。

「……勿論、この赤ポーションも凄いですが、この計算尽くされたガラス容器の加工技術も凄まじいですね……私は専門ではありませんが、このレベルとなればホーツマスよりも上かもしれません」

「ホーツマスですか？」

「えぇ、私はその仕事柄から様々な土地へ行くのですが、カインリーゼ王国から遥か北へ向かった場所にホーツマス王国という国があります。そこは大陸随一の加工技術があるとされていまして、特に宝石加工に関しては随一とも言えます」

地球であれば、宝石は美しい見た目と希少性から高い価値を持ち、指輪やネックレスといった装飾品の一部として使われることが多い。

それはこのアスフィアルの世界でも同じで、富裕層の平民や商人、貴族から王族といった上流階級と呼ばれる人達の間で流通していることが多い。

それに加えて、この世界で宝石は魔力と魔法を媒介する物質として広く知られていて、着飾ったり美術品としての用途以外にも、魔法関連の装備品として用いられたりもするらしく、一流の魔法使いともなれば、全身に宝石が鏤められたアクセサリーや指輪を付けていたりすることもあるそうだ。

なので宝石に関しては金と違ってこの世界でも結構価値が高かったりするようだ……ただ地球と違って様々な種類が存在するので、その値段はピンキリらしい。

「ホーツマス王国、いつか行ってみたいですね」

「良いところですよ。ただ北国なので年中寒いのが玉に瑕ですが」

赤ポーションの鑑定をする為の準備をしている間、俺とバンクは談笑しながら親交を深めた。

「結果は――――赤三等級相当、本物です」

赤ポーションの鑑定は、リトマス試験紙のように特殊な紙を用いて行われる。

薄い水色の紙に、鑑定したいポーションの液体を垂らせば等級に応じた色合いに変化するといった物で、以前紫ポーションを販売する際にギルドで利用した物と一緒だ。

ポーション液の色である程度の判別も可能だが、それぞれ色の等級が変わる場合だと判別が難しかったりする。

その際に使われるのがこのポーション試験紙で、理科の実験みたいに反応一覧の項目を見ながら変化した色合いを判断した結果、専門の鑑定官は俺が持ってきたポーションを間違いなく赤ポーションであると断定した。

「紫等級とは比べ物にならない程の、この圧倒的なオーラからまず間違いないとは思っておりましたが、本当に赤ポーションをお持ちとは……」

近年では殆ど見ることが無くなった赤ポーション、その実情はかなり酷いようで、商人として多少の事情を知っているバンク曰く、今後発見されることはほぼ無いだろうと予想する程だ。

「新たに未発見のダンジョンが見つかればまだ可能性はありますが、今も尚、攻略されていないダンジョンは危険極まりないですし、まず間違いなく値段は高騰するでしょう」

　断言はしないものの、今回俺が持ってきたポーションが本物の赤ポーションだということが分かって、言外に本当に取引してもいいのか？　と親切心なのか知らないがバンクがそう尋ねてきた。

「やはり、価値としては？」

「はい、比べるまでも無いでしょう」

　何が、とは対象を直接的に言わないものの、バンクはエルフの奴隷に対して今回用意した赤ポーションは釣り合わないと断言した。

（まぁ、時間は掛るけどコレは作れるしな……）

　今回は巌児爺さんの土地を借りたが、時間があれば地球で土地を購入してもいいし、〈異世界渡航〉の能力を使って見知らぬ世界で栽培しても良い。

　ただ時間と労力は掛かるものの、それが作れるものであればその価値は一気に落ちるだろう。

「でもいいんですか？　バンクさんは商人でしょう？」

「確かに、私は商人ですので客に商品を売ることが大切ですが、それと同じぐらい、誼というのも大切にしておりますので」

　客に損をさせる取引をさせて不興を買いたくない……多分そういうことなのだろうか？

「そうですか……ですが、問題ありません、このまま取引をお願いします」

「承知しました。今すぐお呼びしますので、もう暫くお待ち下さい」

　色々と気を利かせて貰って悪いのだが、コチラとしてはエルフを購入するために態々用意したので問題ないと俺が力強く言葉に出すと、バンクは納得したのかキリッと凛々しい商人の表情をして契約の準備を始めた。

バンクがエルフを呼びに行っている間、一人寂しく応接室で待っていると、ザワリと一気に外が騒がしくなった。

今居る場所が立派な内装をしているとはいえ、一時的に組み立てられた仮設の建物なので、外に居る人達の声も結構聞こえてくる。防諜という部分ではいささかマズイ気もするのだが、今回使われる部屋は単なる奴隷取引なのでこれでも問題無いのだろう。

「お待たせ致しました。コチラがエルフの奴隷であるエウルアと言います」

外が騒がしくなってから十数分、部屋を退室していたバンクがエルフの女性を連れて戻ってきた。

バンクの横に立つエルフの女性はエウルアと言うらしい、身長は女性にしては高く、男性として平均ぐらいはあるバンクよりも少し高い。

若草色の髪はスラリと腰まで伸びており、少しだけ先端が跳ねているのが特徴的だ。

肌色は白に近いが優しい色合いで、左肩に髪色と同じ色合いをしたタトゥーの様な模様が描かれている。

顔立ちは王都の人々を騒がせるように大変美しい、それこそ美しい翡翠の瞳は見つめられただけで世の男性達を魅了してしまいそうな妖しさがあった。

「貴方が……」

服装は何処かの民族衣装だったり、踊り子の様な薄い布を何重に重ねた装いをしているが露出はそこまで多くない、それこそ両肩の素肌が見えるぐらいで他は衣服に隠れていた。

女性をジロジロと見るのはよろしくないと分かっていても、人生で初めてエルフを見ることもあって、無意識の内についつい眺めてしまっていた。

一方のエウルアも俺のことを興味深そうに見ていた。


「契約内容を詰めていきましょう」

話の進行役であるバンクは、パンッと軽く手を叩いて場を整えると、一番最初に話を切り出した。

三人で大きなテーブルを囲うように座り、お互いが顔を突き合わせるような形になっている。

「今回、私はエウルアの依頼を受けて各奴隷市場に斡旋をしております。その費用は既にエウルア側から支払われているので、今回の契約に関しては私の取り分はありません」

長い説明の間に、バンクは部下を呼ぶと事前に用意していた書類を自分とエウルアの両者に配る。その書類の内容には、バンクとエウルアが交わした契約の内容が書かれていた。

「今回、カインリーゼ王国で契約が結ばれる場合、エウルア自身が追加で支払う金額はございません。その為、イッセー様がエウルアを購入された場合に追加で支払うお金も無い事を最初にご説明させて頂きます」

　奴隷というのは、理由がまちまちではあるものの、奴隷になる条件として奴隷本人が持っていた債務を主人が肩代わりするといった契約もあったりするそうだ。

　そして今回、エウルアは債務に追われている訳では無く、寧ろバンクにお金を支払って各国に連れて行って貰っているらしい。

　その契約ではエウルアが各国の奴隷市場を巡るに当たって必要な生活費用をバンクに先払いするといったもので、契約の内容ではカインリーゼ王国で契約が結ばれた場合、先払いしたお金の一部が戻ってくるのだという。

「そして本契約につきまして、エウルアが必須条件として赤ポーションの譲渡を出されていますが、イッセー様が既にこの条件を承諾し、譲渡予定のポーションの鑑定も終わっているので、その他細かい条件を詰めていきます」

「……本当に赤ポーションが見つかるなんて」

　商人として毅然とした態度で説明を続けるバンクと違い、未だ赤ポーションの存在を信じられないのか、結ばれる予定の契約内容が書かれた書類を見ながらエウルアがボソリとそう呟いた。

　その様子を見たバンクはゴホンと軽く咳払いをして話を続ける。

「イッセー様は、エウルアを使用人及び第三種作業を行う奴隷としての契約を希望しております」

　第三種作業、というのは都市内で一般的な軽作業の事を言う。第一種であれば冒険者の様な危険作業、第二種であれば農作業と言った具合に色々な種類に分けられている。

「エウルアは文字書きに加えて簡単な計算も出来ます……が、今回、赤ポーションを譲渡することも鑑みて月35万ゴルドが妥当でしょう」

「私は問題ない」

　バンクの提示した契約内容にエウルアは即答した。

　正直言えば、バンクが提示した契約内容はかなり破格だ。

　それこそ、以前エウルアを見に来た際に一緒に居たアイナ曰く、月１０００万でも驚かないというのは多少の誇張は混じっていても、そう的外れというわけじゃ無い。

　エルフという希少性、美しい顔立ちに加えて女性なら未婚や処女であることも加味されればその価値は桁違いに上がる。

　やはりというか、過去にエルフを購入した人間の中にはそういう目的だった者も多かったようで、非合法なものを除けば、それこそ国を支配するレベルの権力者で無ければエルフの奴隷というのは持てなかったという。

　そしてエウルアはエルフの女性、未婚、処女、年齢も18とされている……まぁどうやって確認したかは分からないが、まぁ女性の従業員も居るので同性の従業員が確認でもしたんだろう。

　これらの条件を鑑みればエウルアは条件としてはかなり優れたものを持っていた。

少なくとも、以前アイナと見かけた文字書き計算が出来る30代の人間の男性が月30万で売りに出されていたことを考えれば、いかに今回の破格な契約なのかが分かる。

寧ろ、物価の高い王都と考えれば賃金は安いぐらいだろう。

「寧ろ、お金を貰わなくてもいい……本当に赤ポーションを譲って貰えるのなら、この身を捧げても問題無いと思っている」

「……気持ちはわかりますが、そうはいかないでしょう？　貴方が稼がなければ一緒に居る方はどうなるのですか？」

「……条件に書いてあった同行者の方ですか？」

人身御供、赤ポーションを譲って貰えるなら自分を犠牲にしても構わないという半ばやけくそ気味になっていた。

しかし、エウルアの言葉を遮るようにバンクがまるで神父の様に語りかけるとピクリと彼女は反応した。

そして同時にバンクが言ったエウルアと一緒に居る方、という言葉が気になった。

半ば反射的に聞いてみると、契約内容の説明の途中でありながらその問いに対してバンクはすぐに答えてくれた。

「エウルアと一緒に居る方、つまりは彼女が身を粉にして赤ポーションを入手し、使いたい相手です……彼女の名はアリア・ファインキス、この世で最も珍しい種族の一つであるハイエルフの少女なのです」

この世界においてエルフは、上位種族であるハイエルフの奉仕種族という立ち位置に居るらしい。

御恩と奉公といった主従関係は、カインリーゼ王国でいう王族と平民といった関係性に近いが、こちらは権力によって支配されているのに対して、エルフとハイエルフの間柄では遺伝子レベルで主従関係が決まっているのだという。

「ハイエルフですか?」

「ええ、あまりにも数が少ないので遠国の人々からすれば聞き覚えが無いと思いますが、ハイエルフはエルフの王族みたいな存在です」

ハイエルフ、別名では始祖エルフとも呼ばれるそうで、この世界において貴族や王族が平民よりも魔法に長けているように、元々種族的に魔法に長けているエルフよりも、このハイエルフは膨大な魔力と特殊な魔法を使うことが出来るそうだ。

しかしその個体数はかなり少なく、地球であれば絶滅危惧種に指定されそうなレベルで数が少ないのだという。

エルフという種族自体は、近年の国際交流の発展もあってエルフが多く住んでいるといわれる〈ガジャの森〉の周辺諸国の都市でエルフを見かけることはそう珍しく無いそうだが、ハイエルフは未だにガジャの森の奥地に隠れ住んでいるようで、エルフと親しい国や個人であっても、ガジャの森の奥へ行くことは固く禁じられており、謁見も決して叶わない。

「しかし、このアリアという少女は複雑な生い立ちに加え、昨年、魔物との戦闘によって大怪我を負ったようで、かれこれ一年以上意識不明の状態になっております」

アリアと呼ばれるハイエルフは、いわゆる隔世遺伝と呼ばれる類の偶発的に誕生したハイエルフであり、その立場はかなり複雑な物となっているそうだ。

アスフィアルの世界でも近親婚は禁忌とされ、血が濃すぎると呪いを生むと言われており、ハイエルフ全体が個体数も少ないこともあって、血の呪いを危惧するエルフは多い。

そんな中に現れたのが、隔世遺伝によって誕生したハイエルフのアリアだ。

「アリア様はその立場から常に争論の的にされていた……今回、アリア様が大怪我を負ったのも純血主義のエルフ達が画策したと噂されている」

カインリーゼ王国の王族や貴族達は、血を洗練させて魔法の素質を高めていった歴史的な背景から、血筋よりも本人の素質や実力が重要視されることが多い。

一方で、元々最高クラスの素質を持っていたハイエルフは、カインリーゼの貴族達達と逆で、元々の優れていた血筋を護る……つまりは純血主義という思想が強まったそうだ。

バンクの説明から変わるように、エルフの歴史についてエウルアは主人であるアリアの複雑な状況を話した。

「私達エルフは大きく二分されている……血の呪いから遠い存在であるアリア様を王族に迎え入

れるか、紛い物として排除するか……もし今後、純血主義のエルフ達がアリア様を襲ってくる事も考えられるのだ」

　もし、俺がエウルアに赤ポーションを渡して奴隷にしたとしても、元々あった契約から俺はエウルアとアリアを匿わなければならない。

　ある意味、この事実を契約する前に伝えてくれたのはエウルア自身の性格から来るものなのか……少なくとも、赤ポーションを渡して終わり、あとは生涯をかけて一生懸命に働いてね、という訳にはいかないようだ。

「私といたしましては、王都で静かに暮らしていれば危険は少ないと思います。後はガジャの森周辺に近づかないことでしょうか……」

　純血主義とはいえ、態々遠くの国にまで出向いて対象を襲撃するとは考えにくい、聞けばガジャの森はカインリーゼ王国から２つの国を挟んだ先に存在するそうなので、その距離はかなり遠いものだという。

　なのでバンクは王都にいれば危険は少ないだろう、と言った。

「本当によろしいですか？」

「ええ、お願いします」

バンクお抱えの医者が受け取った赤ポーションを見ながら、最後の確認を取る。

王都闇市から出てすぐ側の一際巨大な建物の一室に、エウルアの主人であるアリアが眠っていた。

窓から月明かりが差し込み、彼女の素顔がはっきりと見えるが、その表情は一年近く眠り続けているとは思えない程、健康状態は良さそうだ。

「これでも魔力は大怪我をする前の半分以下になっているんだ。一年近く、持ち合わせていた魔力を消費しながら生きながらえている状態なんだ」

「これで半分以下？」

アリアが寝ている部屋へ入った瞬間、濃密なオーラが俺の体を覆った。

その原因はすぐに判明しており、今も尚眠り続けている小学生か中学生ぐらいの少女が放っているものだった。

人とはまた違った質の魔力を単純に比べることは出来ないが、エルフの王族と言う割には西王寺よりも魔力が少ないと内心思っていた。

しかしエウルア曰く、アリアの魔力総量はこれでも半分以下になっていると聞いて耳を疑った。これで半分となれば榊原には及ばないだろうが、大貴族の嫡男であるレイや西王寺の魔力総量を一回りも二回りも超えてくるだろう。

力無く垂れ下がっているアリアの細腕をエウルアはそっと手に取り、まるで祈るように手の甲に額を押し付ける。

その光景は非常に絵になるもので、まるでアニメに出てくる印象的なワンシーンのようだと思うが、そのままじっと見ているわけにも行かない。

エウルアが奴隷になってから、代わりにアリアの主治医をやっている医者の男性、事務的な対応をしつつ赤ポーションをビーカーの様な容器に注いでいく。

ポーションは外傷ではなく、体の内部を修復する際は経口摂取で行われることが多い。実際に今回も口から赤ポーションを注ぐ形でやるそうだ。

アリアの主治医は赤ポーションが入っている容器に金属の管を刺す。そして管の先にある風船のような形をしたポンプを握ってポーション液を汲み上げる。

その仕組みは手動の灯油ポンプに非常に似通っており、サイズこそ違うものの原理は一緒みたいだ。

汲み上げられた赤いポーション液は、金属の管から吸い上げられて細長い樹脂性のチューブの様なものを口に装着して少しずつ注がれていく。

「エンリフェア様……これで駄目なら私はどうすれば……」

アリアが眠っているベッドに力なくしなだれ掛かるエウルアは、自分が信仰している神様に祈りながら握っていた手に力を入れて祈っていた。

………。

「……駄目そうか？」

赤ポーションがアリアに投与されて数分、彼女の意識が覚醒する様子は無い。

唸るわけでも無く、ただただスースーと寝息のような細い息が聞こえるだけで反応は無い。

痺れを切らしたバンクが、未だ厳し目な表情をしている主治医に対して何処か遠慮気味に聞いた。

「!?」

目を細めて、アリアを凝視していた主治医の男性は何か反応を察知したのか、素早く手を差し出してアリアの首筋に手を当てる。

「ど、どうかしたのか？」

まだ何も言葉を発しない主治医に驚きつつも、何処か気まずい空気が流れている中、バンクは一つ一つに反応を示していた。

「……流石、神の薬と言うべきでしょうか……アリア様の魔力回路が正常に戻っています。今はまだ寝ておりますが、直に目を覚ますでしょう」

有り得ない、大げさな驚き方はしないものの、言葉の端々が震えた様子で答える主治医に対して、沈黙していた空気が一気に霧散して歓声に包まれた。

「私はまた後日来ます。今は感動の再会を満喫したいでしょうし、この辺で帰らせて貰います」

「良いのですか？　エウルアとは既に契約が結ばれていますが」

　寝たきりの主人の為に、その身を賭して救おうとしたエウルアに感化されたのか、主治医の診断を聞いていた部屋にいる人以外にも、何故か廊下からも歓声が聞こえてくる。

　そんな光景を見ていたら、横に居たバンクが小さく笑っていた。

「ハハッ、彼女は普段から澄ましたような態度を取っておりますがね、こう見えても人付き合いは良いのですよ、その美しい顔立ちやエルフという種族を抜きにしてもです」

「周囲の反応を見て、どれだけ彼女が愛されていたのかが自分にも分かりますよ」

　奴隷商会、その言葉だけを切り取れば、どうしても悪というイメージが先入観として入ってしまうが、エウルアと商会の関係や今の反応を見るにその関係性は良好な物なのだろう。

　血の繋がっていない他人のために喜べる。それだけでエウルアと商会の関係性が窺いしれており、その喜び方からして今日は宴会でも開かれるのかもしれない。

　一方のエウルアは数分経った今でも、アリアが眠るベッドに顔を伏せていた。その表情は見えないが、肩を上下に動かして荒い呼吸をしていることから、まだ泣いているのだろう。

　バンクが言うには、赤ポーションを使用した時点で既にエウルアの所有権を持っているみたいだったが、感動の再会に水を差すのも嫌だったので、俺はバンクと一言二言話をしてその場を離れた。

通路を歩いていると、事情を知っていたバンクの商会の従業員達がすれ違いざまに感謝の言葉を述べてきた。

エウルアの希望なのか、眠っているアリアの世話をしていたのはバンクの商会の女性従業員達だったようで、彼女達は既に結婚をして子供も育てている母親も多かったそうだ。なので、まだ少女といえるアリアの世話や、エウルアの境遇を知って情に絆されたのだという。

「エウルアちゃんってエルフだけど、まだ18とかそこらなのよ？　その歳なら恋愛の1つや2つしていてもおかしくないのに、遠い異国まで来てご主人さまを救おうとしているんだもの……」

頬に手を添えて話すのは、アリアの世話をしていた女性従業員の一人だった。

年齢は30歳を過ぎたあたりで、既に二児の母だという。子供は既にエウルアと同年代ぐらいだというから驚きだ。

（……やっぱこの世界って早婚だよな）

30歳過ぎで既に子供が高校生ぐらい、となれば妊娠したのも高校生ぐらいだろうか？　日本だったら30歳を過ぎても結婚していない人はそう珍しくない世の中において、アスフィアルの世界は17歳前後で結婚する男女が多い。

ただこれは地方や農村に住む人達が多く、王都や大都市であれば20歳を過ぎても独身の人はそう珍しくない。

ただギャップと言うか、30歳ぐらいで既に育児に関してベテランというのも凄い。

なまじ同い年ぐらいの息子や娘が居るからなのか、若いながら苦労しているエウルアに対して母性が擽られるのだという、元々、エウルア自身が素直な性格をしていたみたいなので、バンクの商会で働く従業員たちの中では彼女の評価は凄く高いのだという。

「ですが契約が結ばれた今、彼女は正式に奴隷になるんですよ？　勿論、酷いことをするつもりはありませんが、これから長い間は故郷にも帰れないでしょうし」

エウルアの願いは達成されたが、その見返りとして今後数年以上は確実に人間たちが多く住まうこの王都で生活することになる。

エルフという希少性やその美貌からして、色々な好奇な目に遭うのは間違いないだろうし、文化だって違うだろう。

その為、俺は少し水を差すように今後の展望について語った。彼女に対して酷いことをするつもりでは無いが、人種すら違う故郷から遠い国で暮らす事は辛いのではないか？　と。

俺の言葉を聞いて、キョトンとした様子で従業員の女性は見てきたけど、言葉を理解してコロコロと小さく笑った。

「私も元奴隷だったけど、遠い異国、違う文化ぐらい他人が思っているほど、本人はどうってことないわよ。旦那は私が奴隷だった頃の元主人だし、苦労と同じぐらい、素敵な出会いだってあるかもしれないでしょ？」

エウルアのこれまでの境遇を考えたら、遠い異国や違う文化といった壁はどうってこと無い、と女性従業員は言う。

しかも彼女も昔、両親の借金の関係から奴隷に身を落としたそうで、生まれた場所ははるか遠い場所だという。

だからこそ、先人として遠い異国、違う文化で生活する苦労も分かると同時に新たな出会いや発見だってあるという。

それに加えて、彼女を購入した主人が今の旦那というから尚更驚きだ。

「そんなものですか?」

「えぇ、そんなものよ……まぁ私は人で、あの子はエルフだけど、あの子の芯の強さならこの先も生きていけるわ」

何を根拠に言っているか分からないが、その言葉には何処か説得力があった。

第54話 夢のマイホーム計画

ISEKAI SHONIN

直接会ったわけでは無いが、バンクの部下を通じて無事にアリアが目を覚ましたという報告を聞いた。

彼女が目を覚ましたのは、皆が騒ぎ疲れた次の日の早朝だったそうだ。夜番をしている従業員が巡回していたところ、ベッドの直ぐ側にある窓の外をベッドから上半身を起こした状態で朝日を見ていたアリアを見つけたそうだ。

直ぐ側に居たエウルアは、俺が居なくなった後もずっと泣いていたようで、そのまま泣き疲れてアリアの足元で伏せる様に眠っていたらしく、肝心の再会は驚いた夜番の従業員の声で起きた瞬間だと言う。

「まぁ、これで良かったというべきかな?」

アリアの主治医はその内目を覚ますだろう、と診断したけども、これまで一年近く眠っていたことを考えれば、俺は心の何処かで彼女が目覚めない可能性もあるんじゃないかと思っていた。

ただその考えは杞憂で終わったようで、バンクが王都闇市の開催期間中に借り受けていた建物では連日に亘って大騒ぎをしているのだという。

そんな情報を伝えに来てくれたバンクの部下は、連日の騒ぎの疲れなのかハッキリと目元にクマを浮かべており、何処か気怠そうな雰囲気を漂わせていた。

「これはここでいいか」

　アリアの無事を聞いてから、俺は彼女達が生活する住居の準備をしていた。

　普通であれば、俺がやる必要も無いのだがアリアは目覚めてから間もないし、第一に彼女は奴隷でもない。

　一方のエウルアも万全な体調では無いのだろう、闇市が開催されている一ヶ月間、ずっと大衆の目に晒されていたとなればストレスも凄いだろうし、そこから大切な人物であるアリアが目覚めたとなれば余計にだ。

　そして俺は一人で準備をするのをいいことに、様々な家具を日本から持ってこようと画策していたりもする。チームハウスの方の自室は他の団員達の目もあるので、目立つものはあまり置けない。

　逆に今回用意した住居は暁月の旅団のチームハウスから程よく近く、治安も南地区では一番良いとされている一等地だ。中央区へのアクセスも良く、貴族と関係のある平民達が住んでいる準高級住宅街と呼べそうな場所だった。

　流石王族の権力というべきか、契約は賃貸ではなく買い取りという形になった。

　予想外ではあるものの、これからずっと使えるマイホームを手に入れたことによって、俺はこれから用意する家具を日本から持ち運ぼうと考えた。

　購入したマイホームは平屋建てではあるものの、庭もあり周囲は塀で囲われている。オプションで防犯用の魔法も付与することが出来るので、今回購入した住宅は見た目以上にセキュリティが高い。

「流石に素人だと太陽光パネルの設置は難しいよな……？」

エウルアは奴隷としての誓約魔法によって、アリアはその複雑な立場から基本的に他人と接することが出来ないということを考えれば、俺が持ち込む予定の物や情報を他人に漏らす可能性は限りなく少ない。

だからある意味で伸び伸びと計画を立てられる訳なのだが、折角なら家電を使いたいと思うのは現代人の性というもの。

「いや、この世界には電気を発生させるやつもあるし、それで電力は賄えるか？　だけど発電性能も分からんし、晶さんに相談するしか無さそうだな」

向こうの世界では火力発電や原子力発電、地熱発電から水力発電と色々な方法で発電し、その莫大な電力を社会に供給している訳だが、この世界では電気を使用する家電も無ければ、街灯の明かりすらこの世界の不思議物質で賄われているぐらいだ。

なのでアスフィアル世界は電気が無くても不便なく生活出来ている。

アスフィアルの世界において電気というのは、もっぱら攻撃魔法の1つとして知られており、火や風と違って制御の難しい高難易度な魔法として扱われている。

雷魔法は基本属性に分類されており、神聖魔法や治癒魔法と違って特別な才能や素質を必要とせず、本人に魔力さえあれば、後は雷魔法を覚えるだけで誰でも使える魔法だ。

なので電気を発生させる物質を購入しなくても、雷魔法さえ覚えれば俺やエウルアの力で電気を発生させることが出来る。

「エウルアかアリアが覚えていないかな？　雷魔法」

　雷魔法で家電類を賄う……現実はそう上手く行かないだろうが、最低でも大型のバッテリーに充電できればいいな、と思いつつエウルア達を迎える準備を続けた。

「最近、家を買ったようね？」

　俺がエウルアとアリアを迎え入れるために色々と準備をしていたら、突然西王寺の方から声がかかった。

「あぁ、ここから中央区寄りの場所に平屋の家を買った」

「よく買えたわね、高かったでしょ？」

　西王寺の話し方は上司と部下では無く、ただ知り合いに何気無しに話を振った……そんな感じだった。

　エウルアの件がバレたか？　と一瞬頭を過ったものの、西王寺の話し方からして、ただ単純に俺が家を買ったことに対して興味を持った様子だった。

「まぁそれなりにはな、でも一括で買ったぞ？」

　榊原の紹介があったとはいえ、王都で平民が買える場所では最高クラスの立地だったので、結構高かった。

　だがしかし、日本から持ってきた商品は暴利とも言える程の利益があるので王都に来てから二ヶ月ぐらいで王都の一等地の家を一括現金で買える程の売上はあった。

　ただその分、今の貯金は少し寂しい事になっていた。

「この世界で借金するのは得策ではないわ。利息も高いし、取り立ても日本に比べて凄いみたいよ？　だから一括で買ったのは賢明な判断ね」

　聞けば西王寺もチームハウスを購入する際は、他から借りることをせずに一括で買ったそうだ。

「まぁ、余裕があったからな……借金してまで買おうとは思わん」

　何気ない会話、そう思っていたのだが、どうも西王寺の様子を見る限り他に意図があるように思えた。

　だからといって俺から直接問いただすのも気が引ける。そう思いながら話し続けていると、西王寺から聞いてきた。

「……となれば、家具は全部向こうの世界から？」

「そうだな、この世界の物に拘る理由も無いし」

　もしかしたら西王寺も日本製の家具が欲しいのか？　そう思っていたら全く違う言葉が俺の耳に入ってきた。

「良ければ、あなたの新居にお邪魔させて貰えないかしら？」

「えっ？」

「貴方の家にお邪魔させて欲しいの。不躾なお願いだとは承知しているのだけど……どうも最近、落ち着ける場所が無くてね」

　続けて話す西王寺の言葉を聞いて納得した。

　話し方的に異性が思わず勘違いしてしまいそうなものだった為、いきなりどうした？　と驚いたが、要は落ち着ける場所が欲しいという訳らしい。

　西王寺は旅団の長ということもあって、基本的にチームハウスにずっと居る。

　普段は執務室で仕事をしており、後は実力が落ちない程度の戦闘訓練をしながら普段過ごしているので、用事があれば基本的にチームハウスへ行けば殆どの確率で出会える程、今の西王寺はチームハウスで缶詰め状態だ。

「気持ちは分かるが、何故俺の家に来ることに繋がるんだ？」

　西王寺の年齢を考えれば、まだまだ遊びたい盛りだろうが、本人に掛かる重責から彼女のストレスが溜まる事も分かる。

　それこそ、今のチームハウスが仕事場兼自宅みたいなものなので、落ち着かないという理由も分かる。

　だがしかし、そこから何故俺の家に行く事になるのかが分からなかった。ただ落ち着く場所を求めるなら宿に泊まったり、気分転換に王都の外へ出ても良いだろう……そうでなくとも一人になる方法は色々ある。

　だからこそ、何故俺の家に来たいのかが分からなかった。

第55話 西王寺がやって来た理由

「ふぅ……やはり晶はいい仕事をするわね」

コポコポと家庭用のコーヒーメーカーから抽出された挽きたてのコーヒーをカップに淹れて、香りを楽しみながらそう感想を述べたのは、何処かリラックスした様子の西王寺だった。

なんとなくだが、いつものピンと糸を張り詰めたような雰囲気が緩んでいる気がする。

まだ家具を全部は用意しきれていない、まだ閑散とした内装の、購入したばかりの自宅の一室には、西王寺が指定して晶さんに用意させたサイズの大きなコーヒーメーカーに、そのコーヒーメーカーを動かすための巨大なポータブル電源が鎮座していた。

他にも俺が知らない様なメーカーから取り寄せた椅子やらテーブルやらが、西王寺グループを通じて爆速で用意され、複数ある部屋の一室がまるで西王寺の自室のようになっていた。

「リラックスしているところ悪いんだが、何だこれは？」

西王寺からの直接の依頼、ということもあって元々西王寺の使用人であった晶さんを含め、日本で色々と関係のある人達は文字通りに俺の話を聞いて目の色が変わった。

ただ勘違いして欲しくないのは、晶さんも普段から懇意にして貰っている関係者の人達も俺の相談は真剣に聞いてくれるし、依頼も最優先でやってくれるいい人達だ。

ただ依頼主が西王寺雫という事もあり、誰がその依頼を受けるのかで、争いが起きた。

西王寺の依頼は複数あり、１つ目が今、彼女が使用している椅子やテーブル、コップといったブランド物の家具の確保、これは一般販売されていない類の物であり、その家具販売の会社が投資家や株主向けに用意された特別なものだった。

それを用意するだけでも結構な時間と労力が掛かるのだが、依頼達成チームはあろうことかその依頼を即日で達成させて、俺の東京の自宅には巨大な家具達がムーンゲートの置いてある空き部屋に置かれていた。

あまりの巨大さに、一回り大きなムーンゲートを作り出して運ぶはめになってしまったものの、その協力費としてかなりの額が俺の口座に振り込まれていた。

この件に関してはある意味仕事として処理出来るが、俺の自宅で優雅にコーヒーを堪能している西王寺はどう反応すればいいのか対処に困っていた。

「まだベッドとか用意していないのでしょう？　オススメよ、この寝具」

「そりゃ見た目からして気持ちよさそうだけどさ……」

ポータブル電源やコーヒーメーカー、これらは西王寺が持ち帰るとしても、今回他にも運び込んだのは寝具などもある。

もしやこの家に住むとか言わないよな？

「流石に押しかけ女房みたいにこの家に住もうとは思わないわよ……新築、では無いにしろ私からの新居祝いね」

「それならいいが……」

一方、西王寺は別で用意していた布団を持って帰るそうだ。流石に巨大なベッドをチームハウスから入れるのは不可能なので、他で用意した小物系を中心に持っていくという。

つまり、今回用意したコーヒーメーカーといった家電製品も新居祝いに置いていくという。

「でも俺はコーヒー飲めんぞ？」

「飲み慣れる必要はあるかもね、でもお勧めよ？　飲み過ぎは良くないけど」

慣れた手つきでコーヒーメーカーを操作して俺の分のコーヒーも淹れてくれる西王寺。

最近では少しずつ寒くなってきたこともあって、温かい飲み物は嬉しい。

「あ、意外と旨いな」

「でしょ？　物が良いというのもあるでしょうけど、大人になってからいざ飲んでみると意外と美味しい、なんてことはよくあるわ……味覚の変化ね」

子供舌とまではいかないものの、苦いものはあまり好きでは無い。

一方でアルコール類は好きだったので、ただ単純にコーヒー独特の香りが苦手だと思いこんでいたのだが、意外と飲んでみると美味しい。

もしかしたら前世の新条雅人では無く、アレンという別の身体だから飲めるのかもしれない。

そう考えながらホッと息をついた時、コーヒーメーカーを片付けていた西王寺が突然口を開いた。

「そういえば王都闇市で売られていた例のエルフ、もしかして貴方が買った？」

まるで他愛の無い話の続きを話すかのように、西王寺は切れ味の鋭い言葉を放った。

「……知ってたのか？」

別に隠す必要は無かったものの、奴隷を購入するという後ろめたさから西王寺には事の顛末を話していない。

特段、隠蔽していた訳でも無かったが西王寺の言葉は疑問形ではあるものの、何処か確信めいた様子だ。

「闇市でエルフが売られていた事は、王都で活動する冒険者は全員知っているわ……ここまではいい？」

「あぁ」

「普通であれば、エルフが売りに出されたら、目が眩む程の大金や数年に一度の割合でしか見つからない希少なアイテムの譲渡といった厳しい条件であっても、エルフとなれば誰かしらが一日足らずで購入するわ。でもやって来たエルフの奴隷は一ヶ月も売れなかった。その理由は……」

「……赤ポーションの譲渡、だな」

「ええ、今じゃ滅多に見かけることの無い赤ポーション。流石の王都に店を構える商人達でも用意出来ない代物……第一、持っていたとしても価値が釣り合うかと言われれば疑問だしね」

バンクも言っていたが、エウルアはその希少性から奴隷としては最高クラスの価値を持つ。

美しい顔立ちは世の男達を魅了し、彼女を愛人もしくは妻として迎え入れたい人間は沢山居るだろう。

加えてエルフという種族は、平均的に高い魔力量を誇り優れた魔法使いとしての適性が存在する。それに加えてエウルアは、自己申告ではあるものの弓使いとしての高い技量も持ち合わせているそうなので、冒険者としても価値も高い。

だからといって、エウルアが赤ポーションの価値を上回るかと言われれば、王都で活動する冒険者や商人達全員が否と答えるだろう。

「最近の一ヶ月、貴方は毎日のようにギリギリまで魔力を消費していたでしょう？　転生者故の膨大な魔力、魔物との戦闘以外で消費しきれるとは到底思えないし、この時点で貴方が何かしら裏でやっているとは思っていたわ」

俺は転生者特典によって、そこらの一般人とは比べ物にならないほどの魔力を持っている。

流石に王族である榊原や大貴族の嫡子であるレイとは比べ物にはならないが、平民の魔法使いで考えれば多分上位に入るはずだ。

それこそ、魔力量だけでいったらキャミルといった旅団の魔法使いの団員よりも上回っている自信がある。

ただ似たような境遇である西王寺よりは少し下……ぐらいだろうか。

一般的に転生者の魔力量は、下級貴族と同じぐらいだと言われている。

「ここの所数年の間に、王都に赤ポーションが運ばれたという情報は無かったわ、無論、秘密裏に運ばれたと言う可能性もあるけど、完全に情報を遮断出来るとなれば、それこそ国が絡んでくる案件でしょう」

「……だから赤ポーションは外から運ばれてきた物ではなく、王都内で生み出されたものだと？」

「そうね……つい最近、長い歴史の中で不可能とされてきた紫ポーションの薬草を人工栽培した男を知ったわ。だったらその男が赤ポーションの作成に成功しても不思議ではないでしょう？」

外部から運ばれてきたという情報が無ければ、王都の中で元々隠されていたものか、新たに生み出されたものなのか……。

　普通であれば、赤ポーションを生み出すという考えは浮かんでこないだろうが、西王寺はつい最近、不可能と思われていた紫ポーションに使われる上級薬草を人工栽培を可能にした人間を知っていた。

「赤ポーションの価値の半分はその入手難易度にあるわ。そして主な入手先である古代のダンジョンからの発見は近年の攻略ラッシュもあって可能性は絶望的、寧ろ長い歴史を辿れば、よく最近まで見つかっていたと言えるでしょう」

　俺がこのアスフィアルの世界で生まれた時期、丁度二十年までぐらいは冒険者にとって最盛の時とも言われており、それまで発見されていたものの、あまりにも危険なために攻略出来ていなかった未踏破の高難易度ダンジョンが次々と攻略された。

　そこから始まったのは、ダンジョンで発掘された赤ポーションといった人知の及ばない破格の性能を誇った聖遺物と呼ばれるアイテムが沢山出回ったということ。

その時代はある意味、異世界版のバブル景気みたいなもので、その要因である冒険者が多く集うダンジョンの周辺には、金の匂いに釣られて多くの商人が集い、街を形成したという。

今ではその殆どが潰れたというが、現在でもダンジョン都市として存続している場所は幾つも存在する。

「バブル景気だからか、俺が生まれた時代にはその反動がやってきたという訳か」

「そうね、当時のダンジョン権益の殆どが聖遺物だったことを考えれば、数年も経たない内に掘り尽くされたと考えてもいいわ。その反動のせいで近年では現存する聖遺物の値段の跳ね上がり方が尋常じゃないの」

その聖遺物の内の1つが赤ポーションである。

「そんな聖遺物の1つである赤ポーションを自力で用意出来るのなら、その人物にとって赤ポーションの価値はかなり落ちるでしょうね……それこそエルフの奴隷と交換しても良いぐらいに」

「……そうだな」

長々とアスフィアル世界の近代史を話していたのは、今回の取引の最大の謎であるエルフ奴隷と赤ポーションの価値の違いを説明することだったらしい。

ここまで聞かされた結果、俺は白旗を揚げた。

「別に貴方がエルフを奴隷にしても私は気にしないわ、貴方の性格はそれなりに分かっているつもりだしね……寧ろ、私の影響力の無さで迷惑を掛けていることに不甲斐無さすら感じる程だもの」

「不甲斐無さ……か？」

女性として、見目麗しいエルフの女性であるエウルアを奴隷にしたことに対して、最初俺は西王寺は同じ女性として不快感を表すと思っていた。

ただその考えは杞憂だったようで、西王寺の考えは何処か冷淡というか……話の内容的に、俺は思っていた以上に西王寺から信頼を得ている気がする。

そして西王寺が言う不甲斐無さ……これに俺は疑問を浮かべた。

「そうよ、もし私が誰も寄せ付けない程の力と名声を持っていたら、貴方が隠れてやる必要も無かったでしょう？　少なくとも、私に力があれば団員に言わずとも私に相談したと思っているわ」

何処か悔しさを滲ませる西王寺を見て、俺は彼女が本当に女子高生と同い年なのか？　と思った。

詳しい時系列は分からないが、少なくとも西王寺はまだ成人していないはずだ。この世界であれば15歳で成人と見なされるが、日本であればまだ酒も飲めなければ、煙草も吸えない年頃だ。

「……ごめんなさいね、簡単に言えば貴方がこの件を隠していたことに対して私は何も思っていないわ。ただ相手は異性だから何か問題があれば頼って欲しい……それだけよ」

パチンとまるで映画のワンシーンが飛ぶ様に、俺が瞬きをした次の瞬間にはその悔しさを滲ませていた表情はガラリと変わって、いつもと同じ毅然とした表情に変わっていた。

第57話　王都郊外

エウルアの受け渡しは見慣れた王都闇市周辺ではなく、王都から少し離れた寂れた廃墟の片隅で行われていた。

廃墟の崩れた石壁からは幾つもの苔が生えているような寂れた場所には、次の国へ旅立つバンクが率いるキャラバンが停まっており、何人もの従業員達がコチラを見ている。

「これで、契約は完了されました……よろしいでしょうか？」

「私は問題ありません」

俺の右手首にはミミズ腫れのように黒の模様が広がっており、バンク曰くこれは奴隷の所有権を持つ者が持つ紋章だという。

一方、フードを深く被っている二人の内の一人、背の高い方の人物の右腕にも、似たような紋章が浮かび上がっている。

俺とフードを被った二人組の間に立つバンクは正式に契約がなされたことにより、今まで見たことのない様な満面の笑みを浮かべている。その様子は心から祝福する……というよりは商人としての笑みだろうか。

エウルアとの契約が無事に結ばれると、バンクはエウルアに対して一言二言話すと、そのまま商隊を率いて居なくなる。

ポツンと取り残された俺達は少し気まずい雰囲気を感じつつも、再度、お互いに自己紹介をすることにした。

「……この御恩は、何年何十年で返せるものではないと充分に承知しております……これからよろしくお願いします。ご主人様」

「アレンでいいですよ、ハクバ・イッセーは偽名ですので」

この場には、俺とエウルア達しか居ないので、俺は本当の名前を明かすことにした。

「ふむ、人族にしては中々のイケメンじゃの……」

「あ、アリア様……これからお世話になる人に対してその様な言葉遣いは」

あたふたとしているエウルアは既に何度か見たことはあるが、もう片方の女性……エウルアが身売りする遠因となったハイエルフの少女のアリアに関しては初対面になる。

「エルフの王族ってことは、畏まった呼び方の方がいいのかな？」

「そんな事はないぞ？　ハイエルフといっても生まれはただのエルフと変わらないしの」

複雑な事情があるとはいえ、彼女はハイエルフと呼ばれるエルフの上位種的存在だ。

背丈だけで言えばまるで中学生と見間違うほど小さいが、その立ち振舞は何処か気品を感じる。

話を聞けば彼女は隔世遺伝のハイエルフであるというが、礼儀作法というか、そういうマナー的なものを既に学んでいたのだろうか？

アリアはエウルアと同等、寧ろ人によっては上回っていると評する美貌を持ち合わせている。パッと見だと少々幼さも感じるが、喋り方や立ち振舞もあってどこか妖しい魅力を内包していた。

更に加えるならば、フード付きの外套からも覗くことが出来る黄金の髪だろう。腰まで髪が伸びているエウルアよりも更に長く、その髪の長さは地面に付くのではないかと思うほどだ。

そして太陽に煌めく眩い黄金の髪からは、何やら半透明の虹色のようなオーラが溢れ出ていた。

その光景も合わさって彼女の姿は幻想的であった。俺の感覚からして多分ではあるが、彼女の髪から流れ出る不思議なオーラは溢れ出した魔力だと思う。

（凄いな、予想はしていたが西王寺やレイよりも魔力が多い気がする）

王族＋転生者（憑依？）である榊原には及ばないが、彼女は例外的な存在、統計学で言うところの外れ値みたいな存在だ。そんな榊原という存在を除けば、俺の知り合いの中でアリアがダントツで魔力量が多いのは間違いなかった。

ただそれでも魔力量が多い＝強いと言う訳では無いが、強さの指標になることは間違いない。

（純血主義者の企みがあったとはいえ、こんな彼女が大怪我をする魔物ってどんな化け物だ？）

彼女の魔力を見て俺は軽く戦慄していたが、こんな彼女を瀕死の重体まで追い込んだ魔物はどれほど強かったのかと純粋に気になった。

ただ今は顔合わせの時間なので詳しくは聞けないが、いずれ彼女達と仲良くなった際は聞いてみたい、そう思った。

行きと違い、王都の中へ入る際は東口ではなく南口を使うことにした。

王都には東西南北に４つの門が存在するが、その中で通行量が多いのは、西門と南門になる。

西門は主に王都に店を構える商会の人間が、南門は冒険者や関連の商人達が多く通う。

逆に北門と東門は通行量が少ない……その中でも北門は一般人が入場出来ないことを考えれば、残りの東門が各方面の門の中で一番人混みの少ない場所だと言えた。

木を隠すなら森の中、ということわざがあるように、人気が少ない場所よりも一番人の出入りが活発な南門を使えば、多少不審な格好をしていても軽い荷物検査だけで終わると考えた。

一応、見逃してもらえるように手を打ってはあるが……。

「……この人混みは凄いの、流石人の国じゃ」

まるで大型スーパーのレジのように、横一列に幾つかの検査場が設置されている。

今は正午付近という事もあって、近場のダンジョンに挑んでいた冒険者達が昼食がてら王都に戻ってきているということもあり、南門の検査場には何時もより多くの冒険者達が集っていた。

その最後尾に並んだアリアは、その長蛇の列を見て驚きの声を上げる。

そして正面に聳えるのは、数百年という長い時を掛けて建設された高さ十数メートルにも及ぶ漆黒の巨大な防御壁。

王都を囲うこの巨大な防御壁は、魔法の威力を弱める効果を持つ特殊な石で出来ているらしく、その耐久性を含めて優れた建材だという。

ただ重量がかなり嵩むそうで、魔法の威力を弱めるという優れた性質をもっているものの、装備品として使われることは少なく、その殆どが軍事施設の建材としての利用が多いそうだ。

この王都を護る防御壁はカインリーゼ王国の国力と軍事力の高さを物語っており、王国を支配する王族や貴族の高い魔法素質も相まって、カインリーゼ王国は数百年という長い間、平和の時を過ごしている。

ちなみにこの防御壁に使われている特殊な石は、軍需物資として規制されており、一般市民は所有が禁止されていたりする。

第58話　リスクとリターン

（……そういえば旅団以外の人達と一緒に王都へ入るのは初めてだな）

まだまだ先は長い長蛇の列で待っている間、俺はふと今の状況を思い出した。

俺の横には、初めて王都の外観を見て興奮しているアリアと、それを窘めるエウルアの二人が居る。

この中で一番王都に詳しいのは俺になるが、俺も王都へやって来てからまだ二ヶ月も経っていない新参者だ。

その短い期間の中で何度か王都を出入りすることはあったものの、個人の事情で王都へ出入りするのはこれが初になる。

なんだかんだ今までは長年王都で暮らしていた団員も一緒だったこともあり、この先の長い列も安心して待っていられたのだが、いざ自分が一番の経験者、もしくは責任者となると、一度見たはずの光景も少し違う気がした。

『すげぇ、ブルータイタンだ』

『巨人族ってことは王国の西部にでも行ってたのか？　巨人族なんて王都周辺じゃ見かけないだろ』

ザワッと列に並んでいる冒険者達が一瞬にして騒がしくなったと思ったら、俺達が並んでいる列の横を追い越すように巨大な荷車が通る。

　ガラガラと巨大な木製の車輪が地面を蹴り、その振動がコチラまで伝わってくる。

　雲ひとつ無い晴天の中で周囲に巨大な影が出来たと思えば、俺の隣に巨大な荷車が丁度真横を通り過ぎるところであり、その巨大な荷車の上には、海のような深い青色の肌をした巨人が薄く氷漬けにされて運ばれていた。

『見覚えのねぇ顔だな……新参か？』

　俺の前に並んでいる王都の冒険者がブルータイタンと呼ばれたモンスターを輸送する冒険者達を見てそう答えた。

　新参？　と聞けば一応同業者としては気になるところだ。

「ふむ、蒼き巨人か……」

　先程まで王都の防御壁を見て興奮していた様子と変わり、横を通過するブルータイタンを見てアリアは青の巨人と呟いた。

「エルフからしたら巨人族って珍しいのか？」

　周囲には聞こえない程度の小声で、ブルータイタンを見ていたアリアに聞いてみる。しかし彼女は首を横に振って違うと答えた。

「巨人自体はガジャの森にもおるが、そちらだと肌は黒いからの……人の国には青い肌の巨人も居るんじゃな、と思ってな」

「黒い巨人か……」

安直に考えればブラックタイタンという名前だろうか？

「やっぱり強いのか？　巨人族って」

「いや、見た目ほど強くは無いのじゃ、巨人族は総じて図体が大きいから魔法だと容易いのじゃが、剣や槍となればどうかの？」

アリアの言葉を聞いて荷車を見てみれば、ブルータイタンを運ぶ冒険者は全員剣や槍といった武器を持っていた。

中には弓を背中に背負っている者も居たが、その中に魔法使いは居ない。

だからなのか、氷漬けにされているブルータイタンの肌は何度も斬り付けられた痕が幾つも存在し、その損傷具合はかなり酷い。

寧ろ傷のない部分を探す方が難しいぐらいで、切り傷から刺し傷の他に打撃による内出血の痕や酸の様な液体を使ったのか皮膚が爛れた部分も存在した。

「……しかし、強敵を倒し冒険者として名声が手に入るとはいえ、命に関わる大怪我をしてしまえば元も子も無いじゃろうに」

どれだけの死闘を繰り広げたのか、その様子は運ばれているブルータイタンの遺体やその周囲を歩いている冒険者の姿を見れば容易に想像出来る。

身体の至る所に酷い損傷があるブルータイタンと同様に、それらモンスターを討伐した冒険者も殆どが血を滲ませた包帯を巻いており、疲労のせいか目も何処か虚ろだ。

その足取りは重く、中には立って歩けないレベルまで怪我をした仲間も居るようでその被害は相応に大きかったのだと感じた。

　その冒険者の中には、肘より先を無くした者も存在する。

「名声は得ることが出来たかもしれないけど、これじゃ赤字だな」

　クエストの報酬、倒した巨人の素材を全部売り払っても、戦った仲間全員の治療費が賄えるかは若干怪しい部分がある。

　それに加えて装備の破損もあっただろうし、中には戦闘によって死んだ者も居るかも知れない。

　そう考えれば、名声を手に入れることが出来たとしても決して讃えられるべき戦果では無いように感じた。

第59話 新たな生活

「ここが私達が住む場所……」

「エウルア、凄い場所じゃの!!」

　新居の準備中に突如として西王寺が家にやって来た結果、俺の企みがバレるという想定外はあったものの、エウルアとアリアが住む家はしっかりと用意することが出来た。

　俺とエウルア達は無事に王都南門から入場し、途中旅団のメンバーやチームハウスも見かけたが、そこにも寄らずにそのまま用意した新居まで二人を案内した。

「この重厚感のある箱は一体……」

「あーそれはポータブル電源だね、電気が込められている箱だよ」

　アスフィアル世界は家の中でも靴を履く土足文化だ。日本と違って家の中では素足やスリッパで歩くという文化が無く、この住まいを受け取った際にも清掃はされていたが床には土埃等が落ちていた。

　旅団のチームハウスでも基本的に土足で生活している。ただチームハウスの場合は家というよりホテルに近いシステムを取っているため、そこまで違和感は無い。

　寧ろ、この世界に来てからは基本的に家の中でも靴を履いていたが、折角マイホームを購入し、日本から様々な家具を運ぶのも相まって、現在では日本のように玄関で靴を脱ぎ、家の中では素足で過ごせるようにした。

それらのこともあって、家の玄関で俺が靴を脱いでという指示に少し戸惑いを見せた二人だが、家の床がちゃんと綺麗だということもあってすぐに順応した。

玄関から入って通路を歩けば、そこには広々としたリビングが見えてくる。今回購入した家は平屋建てではあるものの、面積自体は広く、木製の窓を取り外してガラス窓とカーテンを取り付けたので、昼間は照明を付けなくても明るい。

他にも西王寺推薦のソファーといった高級な家具類も存在するが、後ろをついてきていたエウルアはリビング入り口の横に置いてあった真っ黒な箱が気になった様子だった。

「で、電気ですか」

「多少荒く扱っても大丈夫だよ」

将来的にはソーラーパネルや発電機を設置したいと思っているものの、照明を始めとした幾つかの物は家電じゃなくても賄えるので、大充電が可能な災害時に使われるポータブル電源を用意してある。

予備は東京の自宅に置いてあり、数台が今も充電中だ。

電気と聞いて少し驚いた様子のエウルアだったが、この世界では見ることの無い不思議な見た目から大変興味を持ったようだ。今後、生活することも考えてポータブル電源の使い方を後で教えてもいいかもしれない。

「凄い！　フカフカじゃぞ!!」

遠慮がちに周囲を確認するエウルアと違い、アリアはリビングの中央に置いてあった巨大なソファーにダイビングしてそのさわり心地を確かめていた。

俺からすれば、アリアの幼い見た目も相まって可愛らしい光景と思ったが、保護者であるエウルアからすれば冷や汗ものだったらしく、彼女の様子を見てオロオロと戸惑っていた。


「蛇口——この取っ手を撚ると水が出てくる。出なくなったら庭に貯水タンクがあるからそこに水を入れてあげるといい、定期的に掃除しないと汚くなるから清掃はしっかりとね、あと汚れを抑制する薬も渡しておく」

「はい、分かりました」

家を探検しているアリアを見守りながら、俺はエウルアに家にある物についてそれぞれ説明していく。

性格からして几帳面なのか、識字率が決して高くないこの世界でも自前で用意していた紙に俺が喋った言葉を書き写していく。

特に難しい部分は無いけど下手に触って壊されても困るし、扱い方が分からず遠慮されるのもそれはそれで困るのでしっかりと説明していく。

リビングの他にも部屋は幾つも存在する。俺やエウルア、アリアの個室は勿論、書斎やポーションを製造する部屋と沢山あり、風呂やトイレも勿論完備されている。

（トイレも出来れば水洗にしたかったけどな……）

風呂は日本で言うところの五右衛門風呂方式、ただ使うのは薪木ではなく魔力を込めると発熱する石を使っている。

トイレに関しては水洗にしたかったのだが、個人でやるには工事が難しかったのでボットン式のトイレになっている。

ただ異世界らしく、糞尿を集めるタンクには数匹のスライムが用意されているようで思っていた以上に臭いは少ないし、糞尿を汲み取る必要も無いのでかなり便利だ。

……ただトイレをしているときにスライムが動き回っているせいで、トイレの真下でグチョグチョと音がするのを除けばだが。

そんな形で、現状だとまだ足りないものは多いが、エルフの二人との新しい生活が始まった。

本書に対するご意見、ご感想をお寄せください。

あて先

〒162-8540 東京都新宿区東五軒町3-28
双葉社　モンスター文庫編集部
「青葉先生」係／「キッカイキ先生」係
もしくは monster@futabasha.co.jp まで

異《い》世《せ》界《かい》商《しょう》人《にん》　スキル〈異《い》世《せ》界《かい》渡《と》航《こう》〉を駆《く》使《し》して、悠《ゆう》々《ゆう》自《じ》適《てき》なお金《かね》持《も》ちスローライフを送《おく》ります

2023年12月31日　第１刷発行

著　者　青葉《あおば》

発行者　島野浩二

発行所　株式会社双葉社
〒162-8540　東京都新宿区東五軒町３番28号
［電話］03-5261-4818（営業）　03-5261-4851（編集）
http://www.futabasha.co.jp/（双葉社の書籍・コミック・ムックが買えます）

印刷・製本所　三晃印刷株式会社

［電話］03-5261-4822（製作部）
ISBN 978-4-575-24705-3 C0093